U0111681

大展好書　好書大展
品嘗好書　冠群可期

大展好書　好書大展
品嘗好書·　冠群可期

日語加油站 3

TIAOZHAN XIN RIYU
NENGLI KAOSHI
N3 DUJIE

挑戰
新日語能力考試
N3 讀解

附 CD

主 編　楊 紅
副主審　李宜冰　小原 學(日)
主 審　恩田 滿(日)
編 者　李宜冰　王行晨
　　　　小原學　楊 紅
　　　　楊 曄　于 敏
　　　　于 月

大展出版社有限公司

前　言

　　1984～2009年的25年中，國際日語能力考試始終貫徹一個考試大綱的要求，雖然對每個級別應該掌握的文字、語法等知識點做了解釋和說明，但始終沒有提到「綜合能力」等字樣。

　　2009年底，日本國際交流基金會及日本國際教育支援協會制定了新日語能力考試基本方針，內容可以概括爲4個方面：①考查級別由以前的4個級別擴大爲5個級別；②透過完成特定課題，考查學習者的語言應用能力；③提高考試的妥當性、可信賴性；④讓學習者清楚自己能夠完成的課題，瞭解自己的實際能力。

　　結合新方針，本書有以下3點突出的特色：

　　一、強化訓練，銳化閱讀感。本書的構成嚴格按照新考試大綱的考試形式，將內容分爲「短文」「中文」「情報檢索」「長文」4個部分；試題部分與N2級別的新題型極其接近，在命題規律和考查難度上高度吻合，供考生強化訓練。

　　二、內容豐富，增長知識。文章內容涉及經濟、文化、社會、教育等多方面，相信學習者透過本書的

學習不但能提高日語閱讀能力，而且能夠增長一定的日語知識，瞭解日本的社會現實。

三、技巧體現，循序漸進。本書在每個內容之前都寫有閱讀技巧，希望學習者在閱讀過程中不斷地體會技巧，做到熟能生巧。

本叢書用實用的內容、豐富的素材、有效的練習和時尚的版式將日語閱讀變爲一件有趣的事情，幫助讀者朋友們學以致用，輕鬆挑戰新日語能力考試的閱讀部分。同時，懇切希望專家、學者以及使用本叢書的老師和同學們提出意見，以便不斷修訂完善，更好地爲日語學習者服務。

編　者

目 次

第一章　短　文 ·· 7

短文1 ··· 7

短文2 ··· 12

短文3 ··· 16

短文4 ··· 21

短文5 ··· 25

短文6 ··· 29

短文7 ··· 34

短文8 ··· 38

第二章　中　文 ·· 43

中文1 ··· 43

中文2 ··· 48

中文3 ··· 53

中文4 ··· 58

中文5 ··· 63

中文6 ··· 68

中文7 ··· 73

中文 8 ……………………………………………… 78

第三章　情報検索 ……………………………………… 83

情報検索 1 ……………………………………………… 83

情報検索 2 ……………………………………………… 89

情報検索 3 ……………………………………………… 94

情報検索 4 ……………………………………………… 99

情報検索 5 ……………………………………………… 104

情報検索 6 ……………………………………………… 108

情報検索 7 ……………………………………………… 113

情報検索 8 ……………………………………………… 119

第四章　長　文 …………………………………………… 125

長文 1 …………………………………………………… 125

長文 2 …………………………………………………… 131

長文 3 …………………………………………………… 137

長文 4 …………………………………………………… 142

長文 5 …………………………………………………… 147

長文 6 …………………………………………………… 153

長文 7 …………………………………………………… 158

長文 8 …………………………………………………… 163

解答 ……………………………………………………… 169

第一章　短　文

キーポイント

☆読解問題では、どの言葉が重要かを考えて読むことが
　大切です。文章を読むときには想像力を働かせ、筆者
　が言おうとしていること、どのような内容かを理解す
　ることが必要です。

短　文 1

　部屋を片付けるのが苦手な人は、物を持ちすぎているこ
とが多い。片付けるポイントは、物に指定席（＊1）を作
ること。使ったらすぐ指定席に戻すようにすれば、あちこ
ちに散らかることもなくなる。また、指定席のスペース
を、見やすく、出しやすくしまうこと。こうすれば、足り
ないものもすぐわかるし、同じような物を買ったりする無
駄な買い物も妨げるだろう。
＊1　指定席：決められた場所のこと。

文章を読んで、それぞれの問いに対する答えとして最も適当なものを1、2、3、4から一つ選びなさい。

問1　部屋を片付けるためには、どうすればいいと言っているか。

1. 要らない物を持たないで、物を置く場所を決める。

2. 同じものを買ったりする、無駄な買い物をしない。

3. スペースを作るために、できるだけ物を捨てること。

4. 無駄なものを捨てて、いつもきれいに掃除をする。

問2　物の指定席のスペースをどのように作ったほうがいいか。

1. 見にくいスペースを作ること。

2. 狭いスペースを作ること。

3. 出しにくいスペースを作ること。

4. 見やすくて出しやすいスペースを作ること。

〈語〉〈彙〉〈練〉〈習〉

一、発音を聞いて、対応する日本語の常用漢字を書いてください。

1. _____ ;　　2. _____ ;　　3. _____ ;　　4. _____ ;

5. _____ ;　　6. _____ ;　　7. _____ ;　　8. _____ ;

9. _____ ;　　10. _____ 。

二、次の文の_____に入れる言葉として最も適切なものを一つ選びなさい。

1. 田中さんは、明日伊藤さんと会って、旅行のことについて_____。

2. 上島さんは、今晩メールでそのことを坂井さんに_____つもりです。

3. 母は何時に_____か分かりません。

4. 部長に「事故で電車が止まりました。20分_____」と伝えてください。

　5. 車は、駅を出て、すぐ左に_____。

曲がる　　遅刻する　　帰る　　伝える　　相談する

三、言葉の理解

1. 例　文

〜やすい

1. その駐車場は分かりやすい場所にあります。

2. 本の内容が簡単なので、理解しやすいです。

3. このガラスが壊れ<u>やすい</u>ので、気をつけてください。

2. 会　話

A：お客様、このデジタルカメラはいかがでしょうか。

B：まあ、画面が見**やすい**けど、値段のほうがちょっと高いね。

A：じゃ、これは値段がちょっと安いですし、携帯し**やすい**です。

B：そうね。それにしよう。

3. 拡大練習

考えられる言葉を入れてみましょう。

＿＿＿＿＿＿

＿＿＿＿＿＿

＿＿＿＿＿＿＋やすい

＿＿＿＿＿＿

＿＿＿＿＿＿

 完全マスター ≪≪

1. どちらのほうがいいか、（　　　　）見ましょう。
   1. うかべて　　　　　　　2. くらべて
   3. しらべて　　　　　　　4. ならべて

2. このページの（　　　）を見てください。
   1. にぎょうめ　　　　　　2. にごうめ
   3. にごうもく　　　　　　4. にぎょうもく

3. （　　　　）は誰にでも欠点がある。

     1. じんかん   2. じんげん
     3. にんげん   4. にんかん

4. (   ) は成功のもとだから、元気を出しなさい
   と言われた。
     1. しつはい   2. しっぱい
     3. しっはい   4. しつばい

5. 彼に自分の気持ちを(   )。
     1. おぼえた   2. おしえた
     3. つたえた   4. こたえた

6. 国語は得意ですが、英語は(   )です。
     1. にがて   2. にがしゅ
     3. くうて   4. くしゅ

7. 私立ではなく(   )の大学に入りたいとおもっ
   ています。
     1. こくたち   2. くにたち
     3. くにりつ   4. こくりつ

8. 坂本さんは高校時代の(   )友人です。
     1. たのしい   2. かなしい
     3. したしい   4. うれしい

9. 佐藤さんは、一生懸命(   )して栄養士の資格
   を取った。
     1. 動力   2. 度力
     3. 努力   4. 労力

10. 母は、妹を(   )、公園に出かけた。
     1. 同れて   2. 連れて
     3. 共れて   4. 釣れて

短　文 2

　　生物にはふしぎな力がある。例えば、植物は生きる力が
とても強い。切り取った茎(くき)を土にしておくだけで、あっと
いう間に元の大きさに成長することもあるほどだ。動物に
も似たことが起こる。トカゲのしっぽやカニのはさみは、
なくなると新しく生えてくる。しかし、人間の指はなくな
ると、二度と元には戻らない。ただ、髪の毛や手の爪は切
ってもまた伸びる。このように、生物には切り取られた体
の一部を、元に戻す力がある。

 読解練習

　　文章を読んで、それぞれの問いに対する答えとして最
も適当なものを1、2、3、4から一つ選びなさい。

問1　生物の不思議な力とは、どんなことだと言っている
　　か。
　　1. 植物がとても早く生長できること。
　　2. 動物にも植物と同じ力があること。
　　3. なくなった体の一部が元に戻ること。
　　4. 人間にない力を植物が持っている。

問2　人間は切り取られた体の一部を、元に戻す力がある
　　か。

1. 人間は切り取られた体のどの部分を、元に戻す力がある。
2. 人間は指がなくなると、二度と元に戻る。
3. 人間は髪の毛や手の爪が切ってもまた元に戻す力がある。
4. 人間は植物のように生きる力が強い。

語彙練習

一、発音を聞いて、対応する日本語の常用漢字を書いてください。

1. _____;　2. _____;　3. _____;　4. _____;

5. _____;　6. _____;　7. _____;　8. _____;

9. _____;　10. _____。

二、次の文の_____に入れる言葉として最も適切なものを一つ選びなさい。

1. おじいさんははさみで木の枝を_____、捨ててしまいました。
2. 今日ふるさとの母親から手紙を_____ました。
3. 子どもは絵を_____、宿題を出しました。
4. 彼は今日のことをノートに_____ました。
5. 彼女の声が小さいので_____にくいです。

聞き取り	書き取り	写し取って
受け取り	切り取って	

三、言葉の理解

1. 例　文

　〜取る

　1. 去年、父親は隣の部屋を買い取りました。

　2. 水谷さんは激しい試合を経て選手権を勝ち取りました。

　3. 彼はやっと事態の深刻さを感じ取りました。

2. 会　話

　A：お母さん、美空ひばりの歌がすばらしいですね。

　B：そうよ。大好きだわ。

　A：ただ音が小さくて、よく聞き**取れ**ませんね。

　B：(母はステレオの音を大きくした) 今回はどう?

　A：OK !

3. 拡大練習

　考えられる言葉を入れてみましょう。

　　＿＿＿＿＿

　　＿＿＿＿＿

　　＿＿＿＿＿＋取る

　　＿＿＿＿＿

　　＿＿＿＿＿

1. 今日は（　　　　　）の者がいませんので、明日また来てください。
    1. 係り　　　　　　　　　　2. 関り
    3. 担り　　　　　　　　　　4. 当り
2. 今日、試験の（　　　　　）が発表される。
    1. 決課　　　　　　　　　　2. 結果
    3. 決果　　　　　　　　　　4. 結果
3. 誰も彼の話を（　　　　　）なかった。
    1. 質わ　　　　　　　　　　2. 問わ
    3. 疑わ　　　　　　　　　　4. 歌わ
4. 喫茶店でコーヒーを（　　　　　）した。
    1. 柱紋　　　　　　　　　　2. 柱文
    3. 注紋　　　　　　　　　　4. 注文
5. 振動が強いと（　　　　　）が壊れやすい。
    1. 機会　　　　　　　　　　2. 機械
    3. 器械　　　　　　　　　　4. 奇怪
6. もうすこし（　　　　　）してください。
    1. 我慢　　　　　　　　　　2. 我満
    3. 雅慢　　　　　　　　　　4. 画慢
7. 日本人は生の（　　　　　）を料理とします。
    1. 野采　　　　　　　　　　2. 野菜
    3. 野彩　　　　　　　　　　4. 野採
8. あの小説は（　　　　　）いです。
    1. 面白　　　　　　　　　　2. 顔白

3. 足白 　　　　　　　　4. 手白

9. 人間は（　　　　　）を守らなければなりません。

　1. 環境 　　　　　　　　2. 還境

　3. 環鏡 　　　　　　　　4. 環浄

10.（　　　　　）に働く機会が多くあります。

　1. 都市 　　　　　　　　2. 都氏

　3. 都司 　　　　　　　　4. 都世

 短　文 3

～安全な一人暮らしのために注意しましょう～

○家に帰ってドアを開けるときに

　一人暮らしをしていることがわかると危険です。まるで家族が待っているように「ただいま～」と言いながらドアを開けるようにしましょう。ほかにも、ドアを開ける前にベルを押し、誰かを訪ねてきたようにするのも効果があります。

○泥棒にあったら

　もしも、室内に泥棒がいたらどうしますか。例えば、マンションでは泥棒の逃げ道は玄関のドア、または窓しかありません。早く泥棒が逃げられるようにし、追いかけないようにしましょう。

文章を読んで、それぞれの問いに対する答えとして最も適当なものを1、2、3、4から一つ選びなさい。

問1　一人暮らしの人が安全のためにしたほうがいいことについて、文章の内容と合っているものがどれか。

1. 家に遅く帰るときは、家族に部屋で待っていてもらうようにする。

2. 危ないときすぐ逃げられるように、逃げ道を作っておくようにする。

3. 泥棒にあったら早くドアを閉めて、泥棒が逃げられないようにする。

4. 家に入るときには家の中に誰か他の人がいるふりをするようにする。

問2　一人暮らしの場合、家に帰ってドアを開けるとき、何に注意したほうがいいか。

1. 黙って家に入ります。

2. 家に入る前に、お客さんのふりをしてベルを押す。

3. すぐ逃げます。

4. 早くドアを閉めます。

一、発音を聞いて、対応する日本語の常用漢字を書いてください。

1. _____ ;　　2. _____ ;　　3. _____ ;　　4. _____ ;

5. _____ ;　　6. _____ ;　　7. _____ ;　　8. _____ ;

9. _____ ;　　10. _____ 。

二、次の文のに_____入れる言葉として最も適切なものを一つ選びなさい。

1. 忙しいと_____ながら、いつもテレビを見ています。

2. 学生で_____ながら、ぜいたくな生活を暮らしてをしています。

3. メモを_____ながら、先生のお話を聞いています。

4. 知って_____ながら、黙っています。

5. 電話を_____ながら、歩いて行きました。

かけ　　　い　　　取り　　　あり　　　言い

三、言葉の理解

1. 例　文

～ながら

1. 挨拶をしながら座りました。

2. 学生でありながらあまり勉強しません。

3. 狭いながら楽しい我が家。

2. 会　話

　　A：幸子さん、上海万博の旅行はどうでしたか。

　　B：楽しい**ながら**も疲れてしまったわ。

　　A：そうでしたか。

　　B：でも、いい思い出がいっぱいできたわ。

3. 拡大練習

　　考えられる言葉を入れてみましょう。

　　＿＿＿＿＿＿＿＿

　　＿＿＿＿＿＿＿＿

　　＿＿＿＿＿＿＿＿＋ながら

　　＿＿＿＿＿＿＿＿

　　＿＿＿＿＿＿＿＿

 完全マスター ≪≪

1. 長い間使っていなかった部屋は、ほこり（　　　　）
　になっていた。
　　1. どうし　　　　　　　　　2. むき
　　3. だらけ　　　　　　　　　4. ぎみ

2. 会議が始まるので、携帯電話の電源を（　　　　）。
　　1. いれた　　　　　　　　　2. きった
　　3. ぬいた　　　　　　　　　4. とった

3. 彼女は母からいろいろな影響を（　　　　）。
　　1. あたえた　　　　　　　　2. あげた
　　3. うけた　　　　　　　　　4. もらった

4. 緊張しないで、もっと（　　　　）してください。

1. チェンジ   2. オープン

3. リラックス   4. アップ

5. ナイロンは、とても（　　　　）生地なので、なかなか破れたりはしない。

1. しつこい   2. 丈夫な

3. 軽い   4. 立派な

6. 会議中、眠くて（　　　　）が出てしまった。

1. せき   2. ねつ

3. くしゃみ   4. あくび

7. 契約書にははんこを押すときは、よく内容を
（　　　　）よう。

1. つとめ   2. たしかめ

3. あわせ   4. まもり

8. この書類を（　　　　）でとめてください。

1. クリップ   2. ブレーキ

3. コピー   4. マウス

9. 今度の旅行の（　　　　）は全部で2万円ぐらいです。

1. 会計   2. 計算

3. 使用   4. 費用

10. 昔の友達の写真を見て、（　　　　）気持ちになった。

1. なつかしい   2. つよい

3. やわらかい   4. きびしい

短　文 4

2010年11月6日

JKL　コーポレーション
業務課　御中

鈴木株式会社
中村

前略
　　前日は、来年度カレンダーのカタログを送っていただき、ありがとうございました。カタログを拝見して、「ミニカレンダー（32番）」に興味を持ちましたので、見本として3セットを送っていただけないでしょうか。新年に配るカレンダーとしての利用を検討させていただきたいと思います。どうぞよろしくお願いいたします。…

読解練習

　　文章を読んで、それぞれの問いに対する答えとして最も適当なものを1、2、3、4から一つ選びなさい。

問1　この手紙の中の会社について、正しいのはどれか。
　　　1.「鈴木株式会社」は「JKLコーポレーション」にカタログの見本をもらった。
　　　2.「JKLコーポレーション」は、新年に配るカレン

ダーの種類を検討している。

3.「鈴木株式会社」は、来年度にお客さまにカレンダーを配ろうと思っている。

4.「JKLコーポレーション」は「鈴木株式会社」にカタログを3セット送った。

問2　どの会社がカレンダーをもらったか。

1.「JKLコーポレーション」はカレンダーをもらった。

2.「JKLコーポレーション」は「鈴木株式会社」にカレンダーを送ってもらった。

3.「鈴木株式会社」は「JKLコーポレーション」に送ってあげた。

4.「鈴木株式会社」は「JKLコーポレーション」からカレンダーをもらった。

◇語◇彙◇練◇習◇

一、発音を聞いて、対応する日本語の常用漢字を書いてください。

1. ＿＿＿＿ ；　　2. ＿＿＿＿ ；　　3. ＿＿＿＿ ；　　4. ＿＿＿＿ ；

5. ＿＿＿＿ ；　　6. ＿＿＿＿ ；　　7. ＿＿＿＿ ；　　8. ＿＿＿＿ ；

9. ＿＿＿＿ ；　　10. ＿＿＿＿ 。

二、次の文の＿＿＿＿に入れる言葉として最も適切なものを一つ選びなさい。

1. 新年に阿部先生から年賀状を ＿＿＿＿ 。

2. 社長の発表された論文を _____ 。

3. お世話になった友達にプレゼントを _____ 。

4. 出発する前に前もって荷物を空港に _____ 。

5. 昨日、ホームで夫を _____ 。

見送った　運んだ　送った　拝見した　受け取った

三、言葉の理解

1. 例　文

拝＋～

1. 指導教官の佐々木先生からのお手紙を<u>拝見</u>いたしました。

2. 総理のご講演を<u>拝聴</u>いたしました。

3. お元気なご様子を<u>拝察</u>しました。

2. 会　話

A：中村くん、新年旅行の案内のメールを見た？

B：はい、主任、そのメールを**拝見**しました。

A：出発の準備はどう。

B：できました。その旅行を楽しみにしております。

3. 拡大練習

考えられる言葉を入れてみましょう。

ーーーーーー

ーーーーーー

拝＋ーーーーーー

ーーーーーー

ーーーーーー

1. そんなに急がないで、もっと（　　　）歩いてください。
   1. にっこり　　　　　　　　2. ゆっくり
   3. すらすら　　　　　　　　4. どんどん
2. 考えた（　　　）、友達にお金を借りることにした。
   1. ながら　　　　　　　　　2. まま
   3. より　　　　　　　　　　4. すえに
3. 彼女は今度の司法試験に合格するちめに（　　　）法律の勉強をしている。
   1. いつも　　　　　　　　　2. 最近
   3. このごろ　　　　　　　　4. ときどき
4. 昨日書いた論文を先生に間違ったところがないか（　　　）もらった。
   1. クリックして　　　　　　2. チェックして
   3. テストして　　　　　　　4. コピーして
5. 手続きが（　　　）でいやになった。
   1. じみ　　　　　　　　　　2. 複雑
   3. へた　　　　　　　　　　4. 危険
6. お金を（　　　）マンションを買った。
   1. つかって　　　　　　　　2. もうけて
   3. かかって　　　　　　　　4. かけて
7. この会社は、去年はじめて（　　　）を記録した。
   1. 輸入　　　　　　　　　　2. 輸出
   3. 黒字　　　　　　　　　　4. 發展

8. 契約したのだから、期日までに間に合わせる
（　　　　）ない。

 1. だけ   2. のみ

 3. ばかり   4. しか

9. 君の答案は間違い（　　　　）なので、勉強をし直し
なさい。

作文の間違い（　　　　）を直して、提出してくださ
い。

 1. ぬき   2. ほど

 3. だらけ   4. より

10. 今日は何曜日でした（　　　　）。

 1. っけ   2. よ

 3. さ   4. な

 短　文 5

ヘッドフォンで音楽を聞きながら歩いている人を見る
と、時々大丈夫かな、と思わせられることがある。周りの
人に聞こえるくらい大音量で聞いている人もいるが、これ
だと他の音が聞こえないので、例えば後ろから車が来ても
わからない。それに、長時間、耳の近くで大きな音を聞き
続けると、小さい音が聞こえにくくなるという調査結果も
あるらしい。音楽を楽しむのはいいとしても、あまり大き
な音で聞くのはどうだろうか。

〈読〉〈解〉〈練〉〈習〉

文章を読んで、それぞれの問いに対する答えとして最も適当なものを1、2、3、4から一つ選びなさい。

問1 <u>あまり大きな音で聞くのはどうだろうか</u>。
　　　　1. 大きな音が他の人の迷惑になるから。
　　　　2. 危なくて、他の人を心配させるから。
　　　　3. 危ないし、耳が悪くなるから。
　　　　4. 小さい音が聞こえないから。

問2 ヘッドフォンで音楽を聞きながら歩いている人についてどんな調査結果があったか。
　　　　1. 回りの音が聞こえません。
　　　　2. ほかの音が聞こえないし、危ないです。
　　　　3. 聴力が大丈夫です。
　　　　4. 小さい音が聞きやすくなる。

〈語〉〈彙〉〈練〉〈習〉

一、発音を聞いて、対応する日本語の常用漢字を書いてください。

　　　1. _____；　　2. _____；　　3. _____；　　4. _____；

　　　5. _____；　　6. _____；　　7. _____；　　8. _____；

　　　9. _____；　　10. _____。

二、次の文の_____に入れる言葉として最も適切なものを一つ選びなさい。

1. 彼はおしゃべりな人なので、長時間何かを_____ことができる。

2. 学生たちは国際問題について_____。

3. 児島さんは、自分の意見を_____。

4. パーティーのことについて、彼らが_____。

5. その態度は内心の動揺を_____。

> 語る　相談する　発表する　話し合う　言い続ける

三、言葉の理解

1. 例　文

～続ける

1. 毎日テニスを練習し<u>続ける</u>ので、とても上手になりました。

2. この本を読み<u>続けて</u>、やっと意味が分かりました。

3. 電車の中で2時間立ち<u>続けて</u>、足が痛くなりました。

2. 会　話

A：愛ちゃん、宿題を早くやりなさい。

B：お母さん、ずっと宿題をやり**続ける**のはいやだよ。

A：仕方がないわね、あした、早起きしなさい。

B：はい、了解。

3. 拡大練習

考えられる言葉を入れてみましょう。

＿＿＿＿＿＿＿

＿＿＿＿＿＿＿

＿＿＿＿＿＿＿＋続ける

＿＿＿＿＿＿＿

＿＿＿＿＿＿＿

☕ 完全マスター

1. 早く高村さんに（　　　　）をかけてください。
　　1. お金　　　　　　　　　2. 電話
　　3. 服　　　　　　　　　　4. 眼鏡
2. 手紙はきれいな（　　　　）のなかに入っていた。
　　1. ふうとう　　　　　　　2. きって
　　3. はがき　　　　　　　　4. とうふ
3. 外は、とても寒い（　　　　）が吹いている。
　　1. 風　　　　　　　　　　2. 雨
　　3. 雪　　　　　　　　　　4. 氷
4. 泉さんは体の（　　　　）が悪いそうですね。
　　1. 気持ち　　　　　　　　2. 準備
　　3. 熱　　　　　　　　　　4. 調子
5. 暗いですね。（　　　　）をつけてください。
　　1. 光　　　　　　　　　　2. 電気
　　3. ストーブ　　　　　　　4. ガス
6. （　　　　）に入ってあたたまりました。

1. 冷蔵庫 　　　　　　 2. 風呂
3. 水 　　　　　　　　 4. 大学

7. ラジオであしたの天気（　　　　）を見ました。
1. 予定 　　　　　　　 2. 予約
3. 予報 　　　　　　　 4. 予知

8. りんごの（　　　　）をむいて四つに切ります。
1. 表 　　　　　　　　 2. 皮
3. 皮膚 　　　　　　　 4. 幕

9. たんすに（　　　　）をしまいました。
1. 車 　　　　　　　　 2. 猫
3. 布団 　　　　　　　 4. 屋根

10.（　　　　）をのばすのは、やめてください。あなた
には似合いませんよ。
1. 髭 　　　　　　　　 2. 指
3. 背 　　　　　　　　 4. 手

短　文　6

　最近は、コンピューターが使えたり、外国語が話せた
り、社会に出てすぐに役に立つ能力を身につけることが大
事にされている。そのため、多くの高校でこれらの授業が
行われる。一方で、古典や歴史などの科目は役に立たない
から勉強する必要がないと言う人も増えているそうだ。し
かし、コンピューターや外国語の学習以外に、他の科目も

重要であることは変わらない。学校ではこれらをバランス
よく学習させる工夫が必要だろう。

 〈読〉〈解〉〈練〉〈習〉

　文章を読んで、それぞれの問いに対する答えとして最
も適当なものを1、2、3、4から一つ選びなさい。

問1　社会に出てすぐに役に立つものは何だか。
　　　1. コンピューターが使えません。
　　　2. 外国語が話せません。
　　　3. 古典や歴史を勉強します。
　　　4. コンピューターや外国語を勉強します。

問2　この文章の内容と合っているものはどれか。
　　　1. コンピューターや外国語の学習は、他の科目より
　　　　役に立つ。
　　　2. コンピューターや外国語の学習より、他の科目が
　　　　大事だ。
　　　3. 社会ですぐに役に立つ科目と同じように、他の科
　　　　目の学習も大事だ。
　　　4. 古典や歴史などの科目は、実際の社会では必要な
　　　　い科目だ。

語彙練習

一、発音を聞いて、対応する日本語の常用漢字を書いてください。

1. _____ ;　　2. _____ ;　　3. _____ ;　　4. _____ ;

5. _____ ;　　6. _____ ;　　7. _____ ;　　8. _____ ;

9. _____ ;　　10. _____ 。

二、次の文の_____に入れる言葉として最も適切なものを
一つ選びなさい。

1. 部員_____の入室お断り。

2. 公園の入園料は小学生_____は無料です。

3. 高校生_____のマラソン大会はレベルが高いです。

4. これはずっと_____のことでした。

5. 一ヶ月_____にこの仕事を完成してください。

| 以内　　　以前　　　以上　　　以下　　　以外 |

三、言葉の理解

1. 例　文

~以外

1. 関係者<u>以外</u>は立ち入り禁止。

2. 謝る<u>以外</u>に方法はない。

3. 今日の会議に山本さん<u>以外</u>にみんな出席した。

2. 会　話

A：もう時間になりますので、授業を始めます。班

長さん、今日全員出席ですか。

　　B：先生、山下さん**以外**はみんなそろいました。

　A：山下さんはどうしましたか。

　　B：山下さんは体調が悪いので、休みました。

3.拡大練習

　　　考えられる言葉を入れてみましょう。

　　　＿＿＿＿＿＿＿

　　　＿＿＿＿＿＿＿

　　　＿＿＿＿＿＿＿＋以外

　　　＿＿＿＿＿＿＿

　　　＿＿＿＿＿＿＿

 完全マスター ≪

　　1. バスが出るまで（　　　　　）時間があります。
　　　1. もう　　　　　　　　　2. まだ
　　　3. ちょうど　　　　　　　4. きょうに

　　2. 壁に絵が（　　　　　）あります。
　　　1. さげて　　　　　　　　2. かけて
　　　3. つけて　　　　　　　　4. おろして

　　3. 分かった人は手を（　　　　　）ください。
　　　1. して　　　　　　　　　2. あげて
　　　3. さして　　　　　　　　4. きいて

　　4. 掲示板にポスターが（　　　　　）あります。
　　　1. つけて　　　　　　　　2. のせて
　　　3. はって　　　　　　　　4. おいて

5. もっと（　　　　）地図がありませんか。

   1. たのしい　　　　　　　2. きびしい

   3. くわしい　　　　　　　4. けわしい

6. 毎朝、（　　　　）をつれて、散歩にいきます。

   1. じてんしゃ　　　　　　2. こども

   3. コート　　　　　　　　4. ぼうし

7. （　　　　）勉強しないと、大学に入れませんよ。

   1. ちゃんと　　　　　　　2. ちょうど

   3. ちょっと　　　　　　　4. すこし

8. もうすぐ（　　　　）が、さきそうです。

   1. はな　　　　　　　　　2. は

   3. くさ　　　　　　　　　4. あめ

9. 日曜日は（　　　　）家にいます。

   1. ぜんぶ　　　　　　　　2. ぜんぜん

   3. たいてい　　　　　　　4. あまり

10. わたしは弟より背が（　　　　）。

   1. みじかい　　　　　　　2. ひくい

   3. おおきい　　　　　　　4. ながい

短　文 7

　　半分は冗談なのかもしれませんが、私が風邪をひいたり体の調子が悪かったりすると、みなさんは「えっ、薬屋のおくさんでも病気になるの?」とおっしゃいます。

　　ええ、もちろん、薬屋だろうと、有名なお医者様だろうと、風邪もひけば、病気にもなります。むしろ普通のご家庭より、風邪のウイルスなどが持ち込まれやすい環境がいるわけですから、(　　　　)。

読解練習

　　文章を読んで、それぞれの問いに対する答えとして最も適当なものを1、2、3、4から一つ選びなさい。

問1　(　　　　)に入るものとして、最もよいものは、どれか。

　　　1. みなさんと同じぐらい病気になりやすいのです
　　　2. みなさんと同じぐらい病気になりにくいのです
　　　3. みなさんよりずっと病気になりやすいのです
　　　4. みなさんよりずっと病気になりにくいのです

問2　誰が風邪のウイルスの環境によく生活しているか。

　　　1. わたし
　　　2. 有名なお医者様や薬屋のおくさんなど
　　　3. おくさん

4. みなさん

語 彙 練 習

一、発音を聞いて、対応する日本語の常用漢字を書いてく
ださい。

1. _____ ;　　2. _____ ;　　3. _____ ;　　4. _____ ;

5. _____ ;　　6. _____ ;　　7. _____ ;　　8. _____ ;

9. _____ ;　　10. _____ 。

二、次の文の_____に入れる言葉として最も適切なものを
一つ選びなさい。

1. さあ、どうぞ座敷に_____ください。

2. 日本にはたいていの家の庭に木を_____います。

3. コンピューターでデータを_____います。

4. 芸能人は犬に芸を_____います。

5. そんなに気にしないで、あまり_____だら、体に
悪いですよ。

考え込んで	教え込んで	打ち込んで
植え込んで	上がり込んで	

三、言葉の理解

1. 例　文

～こむ

1. 試合中、朝青龍は相手を窮地に追いこんだ。

2. できるだけ穴の中へ火を送り<u>こん</u>だほうがいい。

3. 彼は大学の合格の知らせを聞いて、室内に飛び<u>込ん</u>できた。

2. 会　話

A：午前の授業には、高村さんはずっと何かを考え込んでいるらしいですね。質問されても全然聞いていなかったんですよね。

B：先生、すみません。昨晩、睡眠不足でした。

A：大丈夫ですか。もうすぐ期末試験だから、頑張ってくださいね。

B：はい、頑張ります。

3. 拡大練習

考えられる言葉を入れてみましょう。

———————

———————

———————＋こむ

———————

———————

 完全マスター

1. このバスは体育館前を（　　　　）か。
   1. いきます　　　　　　　2. きます
   3. とまります　　　　　　4. とおります

2. 朝はひどい雨でしたが、夜になって（　　　　）。
   1. やみました　　　　　　2. やめました

3. おわりました　　　　　4. とまりました

3. 試験がやさしかったので、時間が（　　　　　）。

　　1. あまりました　　　　　2. たまりました

　　3. ためました　　　　　　4. はじまりました

4. スーパーは、（　　　　）をわたって、すぐです。

　　1. えき　　　　　　　　　　2. はし

　　3. ゆうびんきょく　　　　　4. こうえん

5. 一人ずっ入園（　　　　　）を買って下さい。

　　1. きっぷ　　　　　　　　　2. よやく

　　3. きって　　　　　　　　　4. ていき

6. 友達が病気になったので、（　　　　　）にいきました。

　　1. あいさつ　　　　　　　　2. おいわい

　　3. みまい　　　　　　　　　4. おれい

7. （　　　　　）をわかしてください。

　　1. ごはん　　　　　　　　　2. おゆ

　　3. さかな　　　　　　　　　4. シャワー

8. 山に登れば登る（　　　　）気温が低くなる。

　　1. ので　　　　　　　　　　2. ほど

　　3. まで　　　　　　　　　　4. ぐらい

9. 雨が降っているらしい。傘を（　　　　）いる人がいる。

　　1. あげて　　　　　　　　　2. つれて

　　3. さして　　　　　　　　　4. もって

10. 鍋の（　　　　）を開けてください。

　　1. ふた　　　　　　　　　　2. せん

　　3. と　　　　　　　　　　　4. ふくろ

短　文 8

2010年10月1日

ふじ　株式会社
営業部　御中

株式会社アニー
営業課　田中次郎

拝啓

　わが社ではこのたび、秋の展示会を開くことになりました。今回の展示会では、新製品をはじめ、わが社の全商品を展示する予定です。中でも薄型テレビ「PS4」は、きれいな画面・音で注目されている新製品です。お忙しいこととぞんじますが、この機会にぜひ皆様にお越しいただきたくご案内させていただきます。…

読解練習

　文章を読んで、それぞれの問いに対する答えとして最も適当なものを1、2、3、4から一つ選びなさい。

問1　これは何のために書かれた手紙か。
　　　1.「株式会社アニー」が新型のテレビを作ったことを知らせるため。

2.「ふじか株式会社」は忙しいので展示会に行くことができないことを知らせるため。

3.「ふじか株式会社」が「株式会社アニー」に新型のテレビを注文するため。

4.「株式会社アニー」が「ふじ株式会社」を展示会に招待するため。

問2 株式アニーによって行われた秋の展示会の内容は何だか。

1. 新製品を展示するため。

2. 薄型テレビ「PS4」を展示するため。

3. きれいな画面 音で注目されている新製品を発売するため。

4. 全商品を展示するため。

<語><彙><練><習>

一、発音を聞いて、対応する日本語の常用漢字を書いてください。

1. _____ ;   2. _____ ;   3. _____ ;   4. _____ ;

5. _____ ;   6. _____ ;   7. _____ ;   8. _____ ;

9. _____ ;   10. _____ 。

二、次の文の_____に入れる言葉として最も適切なものを一つ選びなさい。

1. 日本では四月に新年度の_____を執行します。

2. 午後は他の＿＿＿＿＿があります。

3. 明日用事ができたので旅行との＿＿＿＿＿を取り消しました。

4. 技術が発達しても、前もって地震は＿＿＿＿＿しにくいのです。

5. ＿＿＿＿＿のように、北島康介は一位になりました。

| 予想 | 予知 | 予約 | 予定 | 予算 |

三、言葉の理解

1. 例　文

～予定

1. 来年の四月にアメリカへ留学に行く<u>予定</u>です。

2. 何かをする前に<u>予定</u>を立てたほうがいいです。

3. 1月1日に新年度施行を<u>予定</u>します。

2. 会　話

A：もしもし、花子です。幸子ですか。

B：はい、幸子です。花子さん、何かご用がありますか。

A：幸子さん、明日何か**予定**がありますか。一緒に買い物に行きませんか。

B：じゃ、一緒に行きましょう。土曜日なので、ちょうど暇がありますから。

3. 拡大練習

考えられる言葉を入れてみましょう。

＿＿＿＿＿＿＿

＿＿＿＿＿＿＿

＿＿＿＿＿＿＿＋予定

＿＿＿＿＿＿＿

＿＿＿＿＿＿＿

☕ 完全マスター ≪≪

1. 朝寝坊をした（　　　）、飛行機に乗りおくれてし
   まった。
   1. あとに　　　　　　　2. ところに
   3. あいだに　　　　　　4. ために
2. あそこは車が多いので（　　　）です。
   1. はやい　　　　　　　2. あぶない
   3. いそがしい　　　　　4. ただしい
3. あぶないですから、（　　　）さわらないでくださ
   い。
   1. ほとんど　　　　　　2. だいぶ
   3. ぜったいに　　　　　4. たぶん
4. うちの赤ちゃんの体重はだいたい4000（　　　）ぐ
   らいです。
   1. キロ　　　　　　　　2. グラム
   3. メートル　　　　　　4. キログラム
5. きのうのギターの（　　　）は会場がとても込んで

いました。
1. アルバイト　　　　　　　　2. プレゼント
3. コンサート　　　　　　　　4. テニスコート

6. なかなか日本語を話す（　　　　　）がありません。
1. 気分　　　　　　　　　　　2. 機会
3. 会話　　　　　　　　　　　4. 気

7. テレビの（　　　　　）がおかしいので修理にだしました。
1. 準備　　　　　　　　　　　2. 都合
3. 具合　　　　　　　　　　　4. 気分

8. 教えるときはとても（　　　　　）先生でしたが、ふつうはとてもやさしい人でした。
1. きびしい　　　　　　　　　2. さびしい
3. ただしい　　　　　　　　　4. すずしい

9. 「ごめんなさい」といって（　　　　　）。
1. あやまりました　　　　　　2. あいさつしました
3. いのりました　　　　　　　4. たのみました

10. こうえんでおじいさんがいぬに（　　　　　）たいへんだったそうです。
1. かまれて　　　　　　　　　2. ふまれて
3. おこられて　　　　　　　　4. おどろかれて

第二章　中　文

キーポイント

☆論説文の場合、各段落の要点・まとめとなる単語や文を
　見出し、下線を引こう。
☆小説、随筆の場合、5Wを見出し、下線を引こう。

中　文　1

◆超高齢社会新しい“縁”をみんなで創ろう◆

　日本人の平均寿命は男性79.59歳、女性86.44歳まで延
び、「人生90年」の時代へと向かいつつある。だが、こ
の「長命社会」を、喜ばしい「長寿社会」と呼べるだろう
か。

　一人暮らしで誰とも付き合いのない高齢者が増えてい
る。亡くなっても気づいてもらえない「孤独死」はどこで
も起こりうる。

　昨夏、東京都内の男性最高齢111歳とされていた人が、

実は30年以上も前に死亡していたことが発覚した。家族はそれを隠し、男性の年金を受け取り続けていた。

　これをきっかけに全国で続々と「所在不明高齢者」がいることが判明した。お年寄りの姿を見かけなくなっても、近所は関わりを避け、行政も立ち入ろうとしなかった結果である。

　お金があるのに万引きする高齢者も増加中だ。警視庁で取り調べた高齢万引き犯の53%が「生きがいがない」と話し、40%が「相談できる人がいない」と答えた。

（2011年1月9日　読売新聞）

〈読〉〈解〉〈練〉〈習〉

　文章を読んで、それぞれの問いに対する答えとして最も適当なものを1、2、3、4から一つ選びなさい。

問1　「孤独死」はどう意味ですか。

　　1. 家族と一緒に生活して、一人で無くなります。

　　2. 孤独でつまらないので、死んでしまいます。

　　3. 一人暮らしで誰とも付き合わない高齢者が亡くなって、誰も気がつかない。

　　4. 高齢者は年を取って、自然に亡くなってしまいます。

問2　なぜ、お金があるのに万引きする高齢者が増加中ですか。

　　1. 高齢者が一人暮らしで面白いと思っている。

2. 高齢者が一人暮らしで生きがいがあると思っている。

3. 高齢者が一人暮らしでつまらなくて、相談できる人を探したいです。

4. 高齢者が一人暮らしで遊びたいです。

語彙練習

一、発音を聞いて、対応する日本語の常用漢字を書いてください。

1. _____；　　2. _____；　　3. _____；　　4. _____；

5. _____；　　6. _____；　　7. _____；　　8. _____；

9. _____；　　10. _____。

二、次の文の_____に入れる言葉として最も適切なものを一つ選びなさい。

1. 公共事業の入札にも参加し_____資格をもつ。

2. 花を_____ために、土などを用意する。

3. 来月六日にお宅を_____。

4. 友達からのメール_____を。

5. 速100キロをこえるボールを_____のは難しい。

打つ　　受け取る　　伺う　　植える　　得る

三、言葉の理解

1. 例　文
～得る
1. でき<u>得る</u>かぎりの努力は成果を収めた。
2. 今回の事故は回避し<u>得る</u>はずだったけど。
3. それはあり<u>得ない</u>ことですよ。

2. 会　話
A：最近、若者自殺の事件が増える傾向があります
　　ね。
B：そうですね。今若者の心理が脆いので、何かあ
　　れば、極端に走りやすいですよね。
A：だから、若者へのカウンセリングが必要です
　　ね。
B：また、家族や社会がもっと若者に関心を持て
　　ば、自殺を回避し**得る**かもしれません。

3. 拡大練習
考えられる言葉を入れてみましょう。

＿＿＿＿＿＿

＿＿＿＿＿＿

＿＿＿＿＿＿＋得る

＿＿＿＿＿＿

＿＿＿＿＿＿

1. 駅前の（　　　　）は食料品がやすいです。
   1. ホテル　　　　　　　　2. スーパー
   3. ビル　　　　　　　　　4. レストラン

2. ではこの書類を（　　　　）してください。
   1. コピー　　　　　　　　2. アルバム
   3. コーヒー　　　　　　　4. ポスト

3. （　　　　）をつけたので部屋の中が涼しくなりました。
   1. ストーブ　　　　　　　2. クーラー
   3. ガス　　　　　　　　　4. ガラス

4. 新しい（　　　　）の音はどうですか。
   1. リボン　　　　　　　　2. テーブル
   3. ステレオ　　　　　　　4. コップ

5. お酒に弱いのでいつも（　　　　）をのみます。
   1. アルコール　　　　　　2. パン
   3. ジュース　　　　　　　4. スポーツ

6. 日本の（　　　　）にもうすっかり慣れたようですね。
   1. 空気　　　　　　　　　2. 土地
   3. 習慣　　　　　　　　　4. 機会

7. 今朝、電話をしてくれた（　　　　）で、電車に間に合いました。
   1. おかげ　　　　　　　　2. せい
   3. よう　　　　　　　　　4. ため

8. 風邪をひいて薬を飲んだのですが（　　　　）治りま
せん。

1. すこしも　　　　　　　　2. とても

3. もう　　　　　　　　　　4. きっと

9. 図書館で本を3さつ（　　　　　）。

1. かいました　　　　　　　2. かりました

3. かしました　　　　　　　4. かきました

10. わたしは大きい（　　　　）をもっている人が好きで
す。

1. ゆび　　　　　　　　　　2. ゆめ

3. ほし　　　　　　　　　　4. はなし

中　文　2

◆持てる資産を生かし切る◆

　人口減少に伴う需要減を補うには、たとえば、外国人に
来てもらい、ものを買ってもらうことだ。

　京都の祇園、奈良の東大寺、神戸の北野坂…。関西に
は、有力な観光資源が目白押し（＊1）である。それを有機
的に組みあわせれば、大きな効果を発揮するだろう。力の
入れどころだ。

　大学の多い土地柄で、留学生も多い。就職先が見つから
ず帰国する若者たちを、積極的に雇用したい。民間の力で
発展し、外国人も多く住んできた関西が全国に先んじた

い。

　人が減ることは悪いことばかりではない。ゆったり暮らせるし、電車や空港の度を越した混雑もない。外国人を受け入れる余地も大きいはずだ。

　東京やアジアの他の都市に負けない魅力や住みやすさ、食事のおいしさを追求することが肝心だ。それが客を呼び込む力となり、アジアの将来のモデルにつながるだろう。

*1　目白押し：多くの人や物事がぎっしり並んだり続いたりすること。

読解練習

　文章を読んで、それぞれの問いに対する答えとして最も適当なものを1、2、3、4から一つ選びなさい。

問1　人が減ることは悪いことばかりではない理由と合っていないものはどれか。

　　1. 外国人を受け入れる余地が大きい。
　　2. 電車などの混雑がない。
　　3. ゆったり生活できる。
　　4. 年寄りが増える。

問2　この文章の内容と合っているものはどれか。

　　1. 人口減少に伴い、外国人を受け入れない。
　　2. 関西地方の魅力は暮らしやすい環境を作ること。
　　3. 政府の力によって関西の外国人の人数を増やす。
　　4. 関西の大学が少ないので、留学生が少ない。

語彙練習

一、発音を聞いて、対応する日本語の常用漢字を書いて
　　ください。

1. _____ ; 　　2. _____ ; 　　3. _____ ; 　　4. _____ ;
5. _____ ; 　　6. _____ ; 　　7. _____ ; 　　8. _____ ;
9. _____ ; 　10. _____ 。

二、次の文の_____に入れる言葉として最も適切なものを
　　一つ選びなさい。

1. 母はナイフで西瓜を_____。
2. この定期券は12月までに期限が_____。
3. 總理大臣は、國會議員の投票によって_____。
4. 心優しい女性を自分の結婚相手として_____。
5. 部屋から波の音が_____。

> 聞こえる　　決める　　決まる　　切れる　　切る

三、言葉の理解

1. 例　文

～切る
1. 彼は怒って、話中なのに電話を<u>切った</u>。
2. 入場者を200名で打ち<u>切る</u>。
3. この服が人気なので一週間で売り<u>切った</u>。

2. 会　話

　A：愛ちゃん、今日ママの作った料理はどう。

B：おいしい!

A：じゃ、全部食べ**切**ってね。

B：はい、お母さん、ありがとう。

3. 拡大練習

考えられる言葉を入れてみましょう。

_____

_____

_____＋切る

_____

_____

☕ 完全マスター ≪

1. 言葉の意味がわからないときは、辞書を（　　　　）
ください。

　　1. さがして　　　　　　　2. よんで

　　3. ひいて　　　　　　　　4. きいて

2. 木村さんは体が（　　　　）ので、よく風邪をひきま
す。

　　1. よわい　　　　　　　　2. つよい

　　3. じょうぶな　　　　　　4. げんきな

3. あしたまでに（　　　　）このしごとをおわらせま
す。

　　1. たぶん　　　　　　　　2. かならず

　　3. ぜんぜん　　　　　　　4. どうも

4. とても長い小説でしたが、きのう（　　　　）よみお

わりました。
1. なかなか　　　　　　2. だいぶ
3. やはり　　　　　　　4. やっと

5. 忙しかったので、（　　　　　）昼ごはんを食べていません。
1. なかなか　　　　　　2. まだ
3. もう　　　　　　　　4. さっき

6. いらっしゃいませ。（　　　　　）あがってください。
1. どうも　　　　　　　2. どうぞ
3. きっと　　　　　　　4. ぜったい

7. 道が込んでいるので（　　　　　）タクシーより地下鉄のほうがはやいでしょう。
1. あまり　　　　　　　2. よく
3. ほとんど　　　　　　4. たぶん

8. 連休なので、新幹線の切符は、（　　　　　）なくなってしまいました。
1. いつか　　　　　　　2. あまり
3. もう　　　　　　　　4. なかなか

9. （　　　　　）雨が降りそうな空です。
1. ずいぶん　　　　　　2. いまにも
3. やっと　　　　　　　4. もし

10. 田中さんにおいしいレストランを教えてもらったので行ってみると、（　　　　　）とてもおいしかったです。
1. ちっとも　　　　　　2. すこしも
3. あまり　　　　　　　4. なるほど

短　文 3

◆幻のスマトラウサギの森再生へ、生息地に植林◆

　「幻のウサギ」とよばれるスマトラウサギを絶滅から救うため、世界自然保護基金（ＷＷＦ）ジャパンは今年から、このウサギが生息するインドネシア・スマトラ島で植林活動を始める。

　植林するのは、ブキ・バリサン・セラタン国立公園の森。スマトラウサギはこの島のみに生息し、国際自然保護連合が絶滅危惧種に指定している。しかし、この公園では2004年時点で総面積（3568平方キロ・メートル）の28％が不法に農地転用され、ウサギの生息地が消滅しつつある。

　計画では、不法に開発された40ヘ・タールに、在来の樹木3種類を計約1万6000本植える。住民と協力して11月から始め、植林後も5年にわたって下草刈りなどの手入れをする。

　スマトラウサギは茶褐色の体に黒いしま模様が特徴。体長は約40センチ・メートル。夜行性で森の中の植物の茎や葉を食べているが、生息数や詳しい生態はわかっていない。植林と同時に生息範囲や個体数の調査も進める予定だ。

　　　　　　（2011年1月8日18時16分読売新聞）

　文章を読んで、それぞれの問いに対する答えとして最も適当なものを1、2、3、4から一つ選びなさい。

問1　スマトラウサギの絶滅危惧の原因は何ですか。
　　　1. スマトラ島の住民が増えている。
　　　2。スマトラ島の土地が減少されている。
　　　3. スマトラ島の植林面積が増えている。
　　　4. ウサギの生息地が消滅しつつある。

問2　この文章の内容と合っているものはどれか。
　　　1. 森が減少するため、スマトラウサギが絶滅した。
　　　2. 森が減少するため、スマトラウサギの生息環境が
　　　　悪化しつつある。
　　　3. 住民はスマトラウサギに餌をやる。
　　　4. 住民は植林をしていない。

〈語〉〈彙〉〈練〉〈習〉

一、発音を聞いて、対応する日本語の常用漢字を書いてください。
　　　1. _____;　　2. _____;　　3. _____;　　4. _____;
　　　5. _____;　　6. _____;　　7. _____;　　8. _____;
　　　9. _____;　　10. _____。

二、次の文の＿＿＿＿＿に入れる言葉として最も適切なものを
　一つ選びなさい。

　　1. 息子は背が伸び＿＿＿＿＿＿。

　　2. 今年の秋に海外旅行に行く＿＿＿＿＿＿です。

　　3. 彼は中学時代から現在まで日記を書き＿＿＿＿＿＿。

　　4. あの人は散歩し＿＿＿＿＿歌を歌っている。

　　5. 彼はゴルフが苦手だ＿＿＿＿＿言っていました。

　　って　　ながら　　続けている　　つもり　　つつある

三、言葉の理解

　1. 例　文
　　～つつある
　　1. 春に向かって、暖かくなりつつある。
　　2. 日本経済は年々安定しつつある。
　　3. 新しい家が完成しつつある。

　2. 会　話
　　A：田中さん、中国に来てもう一年間になります
　　　ね。あちこちを回りましたか。
　　B：そうですね。あちこちを旅行しました。すごい
　　　ですね、中国!
　　A：何がすごいですか。
　　B：中国の経済が発展しつつあることがわかりまし
　　　た。10年前の中国と全く違いますよ。

3. 拡大練習

考えられる言葉を入れてみましょう。

＿＿＿＿＿＿

＿＿＿＿＿＿

＿＿＿＿＿＿＋つつある

＿＿＿＿＿＿

＿＿＿＿＿＿

完全マスター

1. 読みおわった雑誌はもとの場所に（　　　　）ください。
   1. かえって　　　　　　　2. かりて
   3. かして　　　　　　　　4. かえして

2. このみちを（　　　　）20メートルぐらい歩くと、公園があります。
   1. よく　　　　　　　　　2. しばらく
   3. まっすぐ　　　　　　　4. もうすぐ

3. （　　　　）父に反対されても、やるつもりです。
   1. たとえ　　　　　　　　2. たとえば
   3. ちっとも　　　　　　　4. けっして

4. ホテル代が高いので、お金が（　　　　）かどうか心配です。
   1. すぎる　　　　　　　　2. すむ
   3. たす　　　　　　　　　4. たりる

5. 遅くなってすみません。バスが（　　　　）こなかっ
たんです。
1. けっして　　　　　　　　2. ぜったいに
3. たぶん　　　　　　　　　4. なかなか

6. （　　　　）20分待ってもこなかったら、先に行って
ください。
1. たとえ　　　　　　　　　2. もし
3. どうも　　　　　　　　　4. すこしも

7. 次の社長は（　　　　）あの人にちがいない。
1. ちょうど　　　　　　　　2. どうぞ
3. かなり　　　　　　　　　4. きっと

8. （　　　　）5分で授業が終わります。
1. あと　　　　　　　　　　2. もう
3. もと　　　　　　　　　　4. これから

9. 今日は雪が降るとおもっていましたが、（　　　　）
雪がふりはじめました。
1. きっと　　　　　　　　　2. たぶん
3. やはり　　　　　　　　　4. なかなか

10. 兄はメールの書き方を教えてくれると言っていたの
に（　　　　）教えてくれません。
1. ぜんぜん　　　　　　　　2. ぜひ
3. やっと　　　　　　　　　4. かならず

中　文 4

◆「日本買い」中国トップ…M&Aで米国抜く◆

　M&A（企業の合併・買収）助言会社「レコフ」の調査によると、海外企業が日本企業に対して買収や出資などを行う対日M&Aのうち、2010年は中国企業による件数が前年比42.3%増の37件と、1985年の調査開始以来初めて首位になった。

　85年以来トップだった米国の35件を抜き、中国企業による活発な「日本買い」の動きが浮き彫りになった。

　中国企業による対日M&Aの件数は5年連続で増加している。10年は中国の繊維大手がアパレル大手のレナウンに資本参加するなど、上場企業への投資が目立った。

　一方、円高を追い風として、日本企業による対外M&Aは、件数が同24.1%増の374件、金額でも同26.8%増の3兆6652億円と、ともに2年ぶりに増加した。特に、商社を中心にレアアース（希土類）やレアメタル（希少金属）など天然資源の確保を目指した海外企業の買収などが同72.4%増の50件と目立った。

（2011年1月9日11時53分読売新聞）

〈読〉〈解〉〈練〉〈習〉

文章を読んで、それぞれの問いに対する答えとして最も適当なものを1、2、3、4から一つ選びなさい。

問1　1985年以来、どの国が日本の海外企業M&Aがトップになりましたか。

1. 中国 　　　　　　　　2. 日本
3. アメリカ 　　　　　　4. イギリス

問2　この文章の内容と合っているものはどれか。

1. 85年以来、米国による「日本買い」の活動がずっとトップだ。
2. 日本企業による中国買いの活動が頻繁だ。
3. 中国企業による対日M&Aの件数はずっと首位になっている。
4. 現在、中国企業による「日本買い」の活動が活発だ。

〈語〉〈彙〉〈練〉〈習〉

一、発音を聞いて、対応する日本語の常用漢字を書いてください。

1. ＿＿＿＿；　　2. ＿＿＿＿；　　3. ＿＿＿＿；　　4. ＿＿＿＿；
5. ＿＿＿＿；　　6. ＿＿＿＿；　　7. ＿＿＿＿；　　8. ＿＿＿＿；
9. ＿＿＿＿；　　10. ＿＿＿＿。

二、次の文の_____に入れる言葉として最も適切なものを
　一つ選びなさい。

　　1. 入浴後に掃除をするたあに、風呂の栓を_____。

　　2. この秘密は二人を_____誰も知らない。

　　3. 犯人は犯罪の証拠を_____。

　　4. 野菜の水をよく_____。

　　5. 薬を飲むと、歯の痛みが_____。

　　消える　　切る　　消す　　除いて　　引き抜く

三、言葉の理解

　1. 例　文
　　　～抜く
　　1. この秘密は母を<u>抜</u>いて誰もしらない。
　　2. 歯を<u>抜</u>いたばかりなので、とても痛い。
　　3. この仕事をやり<u>抜</u>きたい。

　2. 会　話
　　　A：花子さん、今、就職しにくいですが、卒業した
　　　　　あと、何をするつもりですか。
　　　B：実は私の仕事が内定になりました。
　　　A：おめでとうございます。
　　　B：あなたを抜いて誰も知りませんよ。内緒ね。

3. 拡大練習

考えられる言葉を入れてみましょう。

＿＿＿＿＿＿

＿＿＿＿＿＿

＿＿＿＿＿＿＋抜く

＿＿＿＿＿＿

＿＿＿＿＿＿

 完全マスター

1. 冷蔵庫の（　　　　）にお菓子が一つだけ残っていました。
   1. おもて　　　　　　　　2. うら
   3. すみ　　　　　　　　　4. かど

2. （　　　　）高校のときの友だちに会ったら、すっかりきれいになっていた。
   1. このあいだ　　　　　　2. このごろ
   3. こんど　　　　　　　　4. ひさしぶり

3. 「あしたから旅行へ行きます。」「気をつけて（　　　　）。」
   1. いってまいります　　　2. いらっしゃいませ
   3. いただきます　　　　　4. いっていらっしゃい

4. 会社のん方の（　　　　）がとてもよかったので、よくわかりました。
   1. じゅぎょう　　　　　　2. こうぎ
   3. せつめい　　　　　　　4. こうぎょう

5. どちらがはやいか、運動場で（　　　）をしよう。

1. しあい　　　　　　　　　2. すいえい

3. きょうそう　　　　　　　4. うんどう

6. 勉強をはじめます。（　　　）の18ページをひらいてください。

1. ニュース　　　　　　　　2. テープ

3. ボールペン　　　　　　　4. テキスト

7. 彼は（　　　）英語を勉強しないんだから、話せるはずがない。

1. ちっとも　　　　　　　　2. よく

3. そんなに　　　　　　　　4. ちょっと

8. すぐ呼びますからこちらの席に（　　　）おまちください。

1. つれて　　　　　　　　　2. かけて

3. すてて　　　　　　　　　4. おして

9. こどもたちに日本の文化を大事に（　　　）いきたいとおもいます。

1. つたえて　　　　　　　　2. れんらくして

3. しらせて　　　　　　　　4. とどけて

10. わたしは去年から日記を（　　　）。

1. かけています　　　　　　2. つけています

3. かっています　　　　　　4. ついています

中　文　5

◆省エネ家電に新割引、買い替え時CO_2削減分を◆

　電機の業界団体や経済産業省は、省エネ家電の新しい割引制度を創設する検討に入った。

　家電の買い替えによる家庭の二酸化炭素（CO_2）削減分を還元する形で、2013年度の導入を目指す。今年3月には、政府の家電エコポイント制度が終了し、家電販売は反動減が予想されている。

　新制度がスタートすれば買い替えを下支えすることにもなりそうだ。

　薄型テレビや、エアコン、冷蔵庫などが対象。家電を買い替えた際のCO_2の削減分を、排出枠として国内の取引市場に売却し、消費者への還元の原資とする仕組みだ。どの程度の割引にするかなど、詳細は今後、検討を進める。

　電子情報技術産業協会（JEITA）などは11年度から、家電を買い替えた100世帯以上について、年間の電力使用を計測。

　世帯差や地域差に影響されない標準値を算出することで、1商品当たりの還元額を決める予定だ。

（2011年1月8日08時22分読売新聞）

《読》《解》《練》《習》

　文章を読んで、それぞれの問いに対する答えとして最も適当なものを1、2、3、4から一つ選びなさい。

問1　どれが省エネ家電の買い替えの対象ではないか。
1. 薄型テレビ
2. エアコン
3. 冷蔵庫
4. パソコン

問2　この文章の内容と合っているものはどれか。
1. 省エネ家電の新しい割引制度がすでに施行された。
2. 省エネ家電の新しい割引制度は家庭の二酸化炭素を削減するためだ。
3. 省エネ家電の新しい割引の額が決まった。
4. 省エネ家電の、世帯差や地域差のない電力使用の標準値を算出した。

《語》《彙》《練》《習》

一、発音を聞いて、対応する日本語の常用漢字を書いてください。

1. _____ ;　　2. _____ ;　　3. _____ ;　　4. _____ ;

5. _____ ;　　6. _____ ;　　7. _____ ;　　8. _____ ;

9. _____ ;　　10. _____ 。

二、次の文の_____に入れる言葉として最も適切なものを
　一つ選びなさい。

　　1. 日本政府は環境保護の政策を_____。
　　2. 家に帰って、すぐふだん着に_____。
　　3. 一晩でこの一冊の厚い本を_____。
　　4. 蛙は人を見ると、すぐ池の中に_____。
　　5. 友達からの年賀状を_____。

　　うけとる　飛び込む　読み切る　着替える　打ち出す

三、言葉の理解

　1. 例　文
　　〜だす
　　1. ケースから写真をひきだす。
　　2. 言いだした人がまずやってみなさい。
　　3. 1月1日に雑誌の新年号を売りだす。
　2. 会　話
　　A：ステレオからきれいな音楽が流れ出しました
　　　ね。
　　B：誰の歌かな。
　　A：中川美幸の歌みたいです。
　　B：彼女の歌が大好きです。

3. 拡大練習

考えられる言葉を入れてみましょう。

_____

_____

_____+だす

_____

_____

 完全マスター ≪

1. (　　　　) なものはひきだしにいれて、かぎをかけ
   ておきます。
   1. かんたん　　　　　　　2. ふくざつ
   3. だいじ　　　　　　　　4. あんしん

2. おなかが (　　　) ね。なにか食べましょうか。
   1. かわきました　　　　　2. すきました
   3. ひきました　　　　　　4. あきました

3. 彼女は (　　　) を打つのが、とてもはやいです。
   1. カメラ　　　　　　　　2. フィルム
   3. ナイフ　　　　　　　　4. タイプ

4. 海をみると、いつもこどものころを (　　　)。
   1. かんがえます　　　　　2. おもいます
   3. おぼえます　　　　　　4. おもいだします

5. わたしはパン屋の前を (　　　) のが大好きです。
   1. わたる　　　　　　　　2. とまる
   3. とおる　　　　　　　　4. たずねる

6. 学生生活の最後の試合に（　　　　　）、とても残念でした。

    1. かって   2. まけて

    3. おちて   4. おわって

7. （　　　　　）買い物にでかけます。なにか買ってきましょうか。

    1. しょうらい   2. これから

    3. ふつう   4. いつも

8. 「この間は親切にしていただいてありがとうございました。」「いいえ、（　　　　　）。」

    1. けっこうです   2. どういたしまして

    3. おかげさまで   4. ごめんください

9. 今年のお正月から（　　　　　）をつけています。

    1. まんが   2. ぶんがく

    3. しょうせつ   4. にっき

10. 東京は道が込んでいますから、電車を（　　　　　）したほうがいいですよ。

    1. りよう   2. りょこう

    3. べんり   4. うんてん

中 文 6

◆24時間営業の全コンビニにAEDを大和市◆

　神奈川県大和市は、市内の24時間営業のコンビニエンスストア約70店舗すべてに、自動体外式除細動器（AED）の設置を目指すことを決めた。

　同市によると、行政区内のコンビニ全店へのAED設置を目指す試みは県内初という。

　4月から順次、各コンビニ店舗の経営者らと設置の交渉を開始する予定で、7月1日の一斉設置を目指す。新年度予算に、AED72台分の2012年3月までのリース料など420万円を盛り込む方針。

　同市は2006年から公共施設など66か所にAEDを設置したが、路上でAEDが必要な人が出た場合、設置場所がすぐに分からないという課題も指摘されていた。ただ、スペースの関係で設置が難しい店舗が出る可能性もあるほか、24時間営業以外のコンビニへの設置は検討しておらず、緊急時に混乱を招く可能性もありそうだ。

（ 2011年1月9日15時52分読売新聞 ）

文章を読んで、それぞれの問いに対する答えとして最も適当なものを1、2、3、4から一つ選びなさい。

問1　コンビニエンスストアの意味と合っていないものはどれか。

1. コンビニエンスストアは食料品を中心にした小型便利な店だ。
2. コンビニエンスストアは深夜営業の便利な店だ。
3. コンビニエンスストアは年中無休の便利な店だ。
4. コンビニエンスストアはスピードの速い店だ。

問2　この文章の内容と合っているものはどれか。

1. 埼玉県大和市内の24時間営業のコンビニエンスストアはすべてAEDが設置された。
2. 神奈川県行政区内のコンビニ全店へのAED設置を目指す試みは県内初という。
3. スペースの関係で設置が難しい店舗が出る可能性がない。
4. 新年度予算に、AED72台分の2012年3月までのリース料など420万円を盛り込む方針。

語彙練習

一、発音を聞いて、対応する日本語の常用漢字を書いてく
ださい。

1. _____ ;　　2. _____ ;　　3. _____ ;　　4. _____ ;

5. _____ ;　　6. _____ ;　　7. _____ ;　　8. _____ ;

9. _____ ;　　10. _____ 。

二、次の文の_____に入れる言葉として最も適切なものを
一つ選びなさい。

1. _____で静かにしてください。

2. 東京の_____をあちこち回りました。

3. _____で大学祭が行われました。

4. 適当な_____を選んで開店したいです。

5. _____の灰を掃除しました。

> 灰皿　　　場所　　　校内　　　都内　　　室内

三、言葉の理解

1. 例　文

　～内

　1. 車内で喫煙禁止!

　2. 社内で新入社員の歓迎式が行われました。

　3. 院内でそのことが議論されています。

2. 会　話

　A：あ、肩こり!花子、ちょっと母さんにマッサー

ジしてくれるかな。

　　B：いいよ。どうしたの?お母さん。

　　A：もうすぐ新年になって、今日室内を掃除したの
　　　よ。

　　B：そうか。お母さん、無理にしないでね。

3. 拡大練習

　考えられる言葉を入れてみましょう。

　　＿＿＿＿＿＿

　　＿＿＿＿＿＿

　　＿＿＿＿＿＿＋内

　　＿＿＿＿＿＿

　　＿＿＿＿＿＿

 完全マスター ≪≪

1. 食べ物は（　　　　）用意してありますから、いくら
　食べても大丈夫です。

　　1. じゅうぶん　　　　　　　2. てきとう

　　3. とくべつ　　　　　　　　4. たしか

2.（　　　　）この辺はずっと向こうまで海だったそう
　です。

　　1. しょうらい　　　　　　　2. むかし

　　3. しばらく　　　　　　　　4. このあいだ

3.「交通じゅうたいしていたので（　　　　）すみませ
　ん。」

1. またされて　　　　　　2. まって

　　3. おまちして　　　　　　4. おまたせして

4. いい（　　　　）がしますね。何の料理を作っている
　んですか。

　　1. かたち　　　　　　　　2. あじ

　　3. におい　　　　　　　　4. あまみ

5. この村にも20年前に（　　　　　）がついて明るくな
　りました。

　　1. すいどう　　　　　　　2. でんぽう

　　3. でんとう　　　　　　　4. だんぽう

6. 桜の花の模様がついているから、きっとこの
　（　　　　）でしょう。

　　1. メートル　　　　　　　2. ハンカチ

　　3. ニュース　　　　　　　4. グラム

7. 今朝、りんごの（　　　　　）をつけてパンを食べまし
　た。

　　1. バター　　　　　　　　2. バス

　　3. ベル　　　　　　　　　4. ジャム

8. 一生懸命勉強して、とうとう（　　　　　）医者になり
　ました。

　　1. さかんな　　　　　　　2. しんぱいな

　　3. てきとうな　　　　　　4. りっぱな

9. 悪いことをしたら、「ごめんなさい。」と（　　　　　）
　いけませんよ。

　　1. はなさなければ　　　　2. おもわなければ

　　3. あやまらなければ　　　4. うかがわなければ

10. 階段が濡れています。（　　　　　）ので、注意してください。

1. おちやすい

2. うごきやすい

3. すべりやすい

4. たおれやすい

 中　文 7

　日本の大学では新入生が入学する際、「新歓」（新入生歓迎イベント）というイベントが存在する。大学にあるたくさんのサークルや部活の上級生が自分のサークルや部活に入ってもらうために各自のイベントを企画する。学校では入学式から5日間ほどを新歓期間として設定しており、その間はキャンパス内でのビラ配り、声かけなどをOKとしている。この5日間の間に新入生は自分の興味のあるサークルや部活、または声をかけられた所などを見て回ったりして、何百もあるサークルや部活の中から自分にあった所を選んで入らなければならない。

　一方、サークルや部活の方としても新入生に入ってもらわないことにはサークルや部活としての存続が危うくなる、という訳で自分たちの団体に興味を持ってもらおうと必死だ。例えば、テニスサークル一つとっても、何十個とある。その中から新入生に自分たちのサークルに入ってもらうためにはどうすればいいか。みんな必死なのである。

⏳ ◇読◇解◇練◇習◇

　文章を読んで、それぞれの問いに対する答えとして最も適当なものを1、2、3、4から一つ選びなさい。

問1　サークルがなぜ必死に新入生に入ってもらおうとするのか。

　　　1. サークルはイベントを行うため。

　　　2. サークルはキャンパス内でビラを配るため。

　　　3. サークルの存続のためである。

　　　4. サークルは試合に参加するため。

問2　この文章の内容と合っているものはどれか。

　　　1. 学校では入学式から3日間ほどを新歓期間として設定している。

　　　2. 入学式からの5日間、キャンパス内でのビラ配り、声かけが許可される。

　　　3. 新歓期間に、サークルはたくさんの新入生を招待する。

　　　4. 各サークルの間は競争がない。

⏳ ◇語◇彙◇練◇習◇

一、発音を聞いて、対応する日本語の常用漢字を書いてください。

　　　1. _____；　　2. _____；　　3. _____；　　4. _____；

　　　5. _____；　　6. _____；　　7. _____；　　8. _____；

　　　9. _____；　　10. _____。

二、次の文の＿＿＿に入れる言葉として最も適切なものを
一つ選びなさい。

　1. 新入生の矢田さんは水泳＿＿＿でとても活躍してい
　　ます。

　2. 近所の＿＿＿でカップラーメンを買ってきました。

　3. 最近＿＿＿代がずっと上がっているね。地下鉄に乗
　　るにしかありません。

　4. ＿＿＿でかぎをもらいました。

　5. ＿＿＿で新入生の入学式が行われる予定です。

> キャンパス　　　カウンター　　　ガソリン
> コンビニ　　　　サークル

三、言葉の理解

　1. 例　文

　　～サークル

　1. 北島康介は水泳サークルの中から選ばれた選手で
　　す。

　2. テニスサークルに興味を持って入会しました。

　3. 中村さんが大学時代にサークル活動に活躍しまし
　　た。

　2. 会　話

　　A：もしもし、田中さん、今日なぜバレーボール**サ
　　ークル**に出なかったんですか。

　　B：部長さん、すいません。昨日訓練するとき、手
　　の怪我をしました。

A：大丈夫ですか。病院に行きましたか。

B：はい、行きました。2週間休まなければならなりませんと医者に言われました。

3. 拡大練習

考えられる言葉を入れてみましょう。

＿＿＿＿＿＿＿

＿＿＿＿＿＿＿

＿＿＿＿＿＿＿＋サークル

＿＿＿＿＿＿＿

＿＿＿＿＿＿＿

 完全マスター ◄◄◄

1. 車が（　　　　）、動かなくなってしまいました。
   1. こしょうして　　　　　2. うんてんして
   3. うんどうして　　　　　4. しっぱいして

2. 高井：「明日のパーティーですが、ちょっと行けなくなってしまいました。」
   伊藤：「そうですか、それは（　　　　）ですね。」
   1. さかん　　　　　　　　2. ふべん
   3. ざんねん　　　　　　　4. しつれい

3. 母に死なれてほんとうに（　　　　）です。
   1. うるさかった　　　　　2. かなしかった
   3. きびしかった　　　　　4. つまらなかった

4. 簡単な仕事なので、一日で（　　　　）です。
   1. いっぱい　　　　　　　2. すっかり

3. てきとう　　　　　　　4. じゅうぶん

5. 三階の売り場まで（　　　　　）で行きましょう。

  1. ガソリンスタンド　　　2. エスカレーター

  3. オートバイ　　　　　　4. レストラン

6. よく聞こえないので、（　　　　　）大きいこえで話してください。

  1. なるべく　　　　　　　2. なかなか

  3. ずいぶん　　　　　　　4. そんなに

7. うちには（　　　　　）子どもがいて、いつもにぎやかです。

  1. ひくい　　　　　　　　2. わかい

  3. ほそい　　　　　　　　4. かわいい

8. 高村さんは仕事が多くて（　　　　　）のようです。

  1. あそびすぎ　　　　　　2. はたらきすぎ

  3. やすみすぎ　　　　　　4. つとめすぎ

9. もう遅いから、（　　　　　）帰りましょう。

  1. そろそろ　　　　　　　2. だんだん

  3. ときどき　　　　　　　4. とうとう

10. たばこを（　　　　　）ほうがいいと医者にいわれました。

  1. おわった　　　　　　　2. しめた

  3. とまった　　　　　　　4. やめた

◆東京国際アニメフェア始まる◆

　日本や海外で制作されたアニメ作品などを紹介する世界最大級のイベント、「東京国際アニメフェア」が、今年も今日から始まりました。

　この催しは、東京都などが毎年開いているもので、東京都などが毎年開いているもので、会場の東京ビッグサイトには、海外も含めアニメの制作会社や映画会社など244社が出展しています。

　今日と明日は、メディア関連の企業関係者を対象とした「ビジネスデー」で、優れた作品を買い付けようと担当者らが制作会社のブースを回り、アニメの紹介映像やキャラクターグッズを熱心に見入っていました。このうち、去年から参加している中国政府が設けたブースでは、中国の初の国営アニメ企業などがオリジナル作品を紹介していて、中国でもアニメの制作技術が急速に進歩している様子がうかがえます。

　また、日本の若手映像作家を支援するコーナーも設けられ、それぞれの作家のユニークな作品を前に商談を行う姿も見られました。このアニメフェアは明日までがビジネスデーで、あさってから2日間は一般に公開されます。

読解練習

　文章を読んで、それぞれの問いに対する答えとして最
も適当なものを1、2、3、4から一つ選びなさい。

問1　東京国際アニメフェアは何の意味か。

　　　1. 東京のアニメを紹介するイベント。

　　　2. 東京で日本のアニメを紹介するイベント。

　　　3. 東京で日本の若手の映画作品を支援するイベント。

　　　4. 日本や海外で制作されたアニメ作品などを紹介す
　　　　る世界最大級のイベント。

問2　この文章の内容と合っていないものはどれか。

　　　1.「東京国際アニメフェア」は、世界最大級のアニ
　　　　メ作品のイベントです。

　　　2. 今回の「東京国際アニメフェア」には世界各地の
　　　　244社が出展しています。

　　　3. 中国はずっと「東京国際アニメフェア」に参加し
　　　　ています。

　　　4.「東京国際アニメフェア」には日本の若手映像作
　　　　家を支援するコーナーも設けられました。

語彙練習

一、発音を聞いて、対応する日本語の常用漢字を書いてく
　　ださい。

　　　1. _____ ；　　2. _____ ；　　3. _____ ；　　4. _____ ；

　　　5. _____ ；　　6. _____ ；　　7. _____ ；　　8. _____ ；

　　　9. _____ ；　　10. _____ 。

二、次の文の_____に入れる言葉として最も適切なものを
一つ選びなさい。

1. 昨日、フラマホテルで_____が行われました。

2. 正月に横浜の中華街で中国を紹介する_____が開催
されました。

3. 途上国の_____産業が発展してきました。

4. コンビニの_____に自動販売機が設置されていま
す。

5. 有名なデザイナーの_____な作品が　年出されてい
ます。

> オリジナル　　コーナー　　サービス　　イベント
> ファッションショー

三、言葉の理解

1. 例　文
～デー

1. バレンタインデーには女性が男性にチョコレート
を贈っています。

2. バースデーには友達からいろいろなプレゼントを
もらいました。

3. 子ども見学デーを通して、親子のふれ合いを深め
ました。

2. 会　話
A：えっ、二郎、なんでこんなに早く家に帰った
の。いつも夜遅くまで…

Ｂ：お母さん、今日内の会社はノー残業**デー**だか
　　　ら。

　　Ａ：そうなの。それはよかったね。

　　Ｂ：お母さん、もし毎日がノー残業デーなら、いい
　　　なあ。

3. 拡大練習

　　考えられる言葉を入れてみましょう。

　　　＿＿＿＿＿＿＿

　　　＿＿＿＿＿＿＿

　　　＿＿＿＿＿＿＿＋デー

　　　＿＿＿＿＿＿＿

　　　＿＿＿＿＿＿＿

 完全マスター ≪

1. きのうは玄関のかぎを（　　　　）ほんとうに困りま
   した。
   1. なくして　　　　　　　2. なおして
   3. おちて　　　　　　　　4. おちて

2. このセーターは（　　　）中国で買ったとおもいま
   す。
   1. たとえば　　　　　　　2. もし
   3. たしか　　　　　　　　4. だいぶ

3. 台風のあと、木が（　　　）いました。
   1. こわれて　　　　　　　2. たおれて
   3. たって　　　　　　　　4. ならんで

4. 毎朝、6時に時計のベルが（　　　　）。
   1. つきます　　　　　　　　2. なきます
   3. なります　　　　　　　　4. かかります

5. 昼ごろから始めたので、今日の仕事が（　　　）し
   まいました。
   1. すてて　　　　　　　　　2. たりて
   3. こんで　　　　　　　　　4. のこって

6. 箱をあけました。（　　　　）中からめずらしいプレ
   ゼントがでてきました。
   1. すると　　　　　　　　　2. それで
   3. それに　　　　　　　　　4. それでは

7. この仕事（　　　　）、簡単ですから、あまり時間が
   かからないとおもいますよ。
   1. のばあい　　　　　　　　2. のうち
   3. について　　　　　　　　4. によると

8. 地震で家が（　　　　）います。
   1. ゆれて　　　　　　　　　2. きえて
   3. にげて　　　　　　　　　4. まわって

9. 毎日（　　　　）復習してください。
   1. けっして　　　　　　　　2. ぜひ
   3. ぜんぜん　　　　　　　　4. たいてい

10. （　　　　　）けれど、仕事があるから寝られません。
   1. すごい　　　　　　　　　2. ひどい
   3. ねむい　　　　　　　　　4. こわい

第三章　情報検索

☆問題をまず読んでから文章を読むのもいい手だ。

情報検索　1

【仕事の内容】

　自分の成長を実感しながら働けます。ふぐ専門店の調理、新業態の調理、店舗マネジメント

【店舗は】

席数は平均60席（小型〜大型まで店舗規模あり）、客単価は7000円

鍋が主流なので冬は毎日が予約で埋まります

逆に繁忙期を終えた春〜秋の、比較的暇になるこの時期を利用して、ふぐ調理師免許取得のための勉強ができます

【最短2年でふぐ調理師免許取得が可能】

「ふぐ調理師免許」の中でも最も難関で、通常5年かかると言われる東京都の免許が、独自の育成プログラムで最短2年で取得できます

【総額100万円の海外研修あり】

【対象となる方】

味が勝負の調理長・お客様に笑顔を届ける店長だからこそ待遇や給与で報われるべきと思う方※調理経験者歓迎

【具体的には】

【飲食業界での経験がある方を歓迎します】

- 接客または調理経験者/雇用形態問わず
- 複数店舗のマネジメント（ホール責任者、副責任者、店長・副店長）

  などの責任者経験のある方歓迎
- 調理師免許・ふぐ調理師免許取得者歓迎

読解練習

文章を読んで、それぞれの問いに対する答えとして最も適当なものを1、2、3、4から一つ選びなさい。

問1　この店は何を経営しているか。

　　　1. まぐろ料理
　　　2. ふぐ料理
　　　3. くじら料理
　　　4. さけ料理

問2　この店における独自育成のプログラムは何か。

　　　1. 店長育成のプログラム
　　　2. ホール責任長育成のプログラム
　　　3. 調理長育成のプログラム
　　　4. ふぐ調理師免許育成のプログラム

語彙練習

一、発音を聞いて、対応する日本語の常用漢字を書いてください。

1. _____ ；　　2. _____ ；　　3. _____ ；　　4. _____ ；

5. _____ ；　　6. _____ ；　　7. _____ ；　　8. _____ ；

9. _____ ；　　10. _____ 。

二、次の文の_____に入れる言葉として最も適切なものを
一つ選びなさい。

1. 政府は国民の利益を守る_____。

2. 午前中の列車に乗ると言っていたから、もう到着する_____。

3. 彼らは兄弟なのであんなによく似ている_____。

4. かれはどうも意志が弱い_____。

5. 新聞によると、今年の冬がとても寒い_____。

| そうだ　　ようだ　　わけだ　　はずだ　　べきだ |

三、言葉の理解

1. 例　文

～べき

1. 草花を大切にすべきだ。

2. 約束したことは守るべきだ。

3. 野に咲く花は野に置くべきだ。

2. 会　話

A：お父さん、何を読んでるの。

B：四日市で川汚染によって、市民は企業に訴訟したニュースだよ。

A：賠償のほか、公害を引き起こした企業は地元の被害者に謝罪すべきだと思うけど。

B：それは当たり前じゃない。

3. 拡大練習

考えられる言葉を入れてみましょう。

＿＿＿＿＿＿＿＿

＿＿＿＿＿＿＿＿

＿＿＿＿＿＿＿＿＋べき

＿＿＿＿＿＿＿＿

＿＿＿＿＿＿＿＿

 完全マスター ≪

1.「息子の結婚が決まったんですよ。」「（　　　　）。」
   1. おだいじに
   2. おめでとうございます
   3. では、おげんきで
   4. どうもありがとうございます

2. 東京の（　　　　）に住んで、都心に通う人たちがたくさんいます。
   1. こうがい　　　　　　　2. いなか
   3. じんこう　　　　　　　4. やま

3. 一ヶ月3万円（　　　　）の部屋を借りたいです。
   1. いか　　　　　　　　　2. いが
   3. いえ　　　　　　　　　4. いせん

4. 今晩、高いレベルの（　　　　）を聞きました。
   1. コンサート　　　　　　2. ステレオ
   3. テーブル　　　　　　　4. パーティー

5. 入学願書の（　　　　）は1月5日までです。

1. 請付   2. 処理

3. 授付   4. 受付

6. 本田さんは何でも（   ）にやるので、すぐ上手になるんですよ。

   1. たいせつ   2. だいじ

   3. ねっしん   4. ひつよう

7. 入学式を（   ）から、いすを用意してください。

   1. はじまります   2. おこないます

   3. あつまります   4. かよいます

8. 飛行機に乗るとき、（   ）は誰でも心配します。

   1. さいきん   2. さいしょ

   3. さっき   4. さき

9. 風が強かったので傘が（   ）しまいました。

   1. かわって   2. わかれて

   3. われて   4. こわれて

10. 午前習ったことをもう（   ）しまいました。

   1. わすれて   2. すてて

   3. なくして   4. とって

情報検索 2

◆湖上館パムコ◆

　福井県の南にある若狭町。日本海、三方五湖、常神半島と、四方を自然に囲まれたこの町に「湖上館パムコ」はあります。旅館でもなければ、ホテルでも民宿でもペンションでもないノーボーダーな宿。

　つまり、情熱を持って生き生きと、この地を訪れる人々と若狭の地に生きる者の心を、豊かな自然を通してつないでいく場所でありたい…。そんな思いのもと、父と母が30年近く懸命に営んできた旅館「湖上館」を受け継ぎ、2000年に生まれ変わりました。

　豪華な設備を整えた立派な宿ではありません。しかし、

ただひとつ、すべての人を優しく包み込む懐の深い自然は、ここ若狭にしかないと自負しています。どうぞ、当館から飛び出して自由に、思いのままに、海と山と湖と戯れてください。これからもこの宿を訪れてくださるすべての方と、若狭三方五湖の自然に感謝して…。皆様方の声を支えに、私を生み育んだ愛すべき若狭が、皆様の心の故郷となりますように。いつでも帰ってきてください。笑顔でお待ちしております。

 〈読〉〈解〉〈練〉〈習〉

　文章を読んで、それぞれの問いに対する答えとして最も適当なものを1、2、3、4から一つ選びなさい。

問1　この旅館の特徴は何ですか。
　　　1. 海辺にある。
　　　2. 山頂にある。
　　　3. 湖上にある。
　　　4. 川端にある。

問2　この文章の内容と合っていないものはどれか。
　　　1. 湖上館パムコは豊かな自然を通してつないでいく場所だ。
　　　2. 湖上館パムコは新しい宿だ。
　　　3. 湖上館パムコは豪華な設備を整えた立派な宿ではない。
　　　4. 湖上館パムコの自負はすべての人を優しく包み込

む懐の深い自然を持っている 。

語 彙 練 習

一 、発音を聞いて 、対応する日本語の常用漢字を書いてく
ださい 。

1. _____ ;　　2. _____ ;　　3. _____ ;　　4. _____ ;

5. _____ ;　　6. _____ ;　　7. _____ ;　　8. _____ ;

9. _____ ;　　10. _____ 。

二 、次の文の_____に入れる言葉として最も適切なものを
一つ選びなさい 。

1. この作品は2年_____かかって完成したものだ 。

2. 空の_____から一羽の鳥が飛んできた 。

3. 国民の_____がその法規に賛成する 。

4. 日が出てから 、部屋が_____なりました 。

5. この川の_____は5メートルぐらいだ 。

深さ　　　明るく　　　多く　　　遠く　　　近く

三 、言葉の理解

1. 例　文

～近く

1. これは 、四年近くもかかったデザインだ 。

2. 近くの町に有名なホテルがある 。

3. 駅近くに 、交通事故があった 。

2. 会　話

A：なんで悩んでいるの。

B：突然停電して、ほぼ完成**近く**の論文のデータが
なくなった。

A：かわいそうね。一緒に近くの公園へ散歩して、
リラックスしようか。

B：じゃ、行こう。そのうち、何か思い出すかもし
れない。

3. 拡大練習

考えられる言葉を入れてみましょう。

_____

_____

_____＋近く

_____

_____

☕ 完全マスター ≪≪

1. あまり遅いので（　　　　）している。

   1. ふらふら   2. ふわふわ

   3. ぴかぴか   4. いらいら

2. 彼は（　　　　）のいい人です。

   1. かお   2. て

   3. うで   4. あし

3. ろうそくの火が（　　　　）そうです。

   1. きえ   2. けし

3. やめ　　　　　　　　　　　4. おち

4. 車でいけば、会議には（　　　　）そうです。

   1. つき　　　　　　　　　　2. おくれ

   3. いき　　　　　　　　　　4. まにあい

5. あせを（　　　　）ので、お風呂に入りました。

   1. でた　　　　　　　　　　2. だした

   3. かいた　　　　　　　　　4. かわいた

6. 重そうですので、お（　　　　）しましょう。

   1. あげ　　　　　　　　　　2. つれ

   3. かけ　　　　　　　　　　4. もち

7. ご都合が（　　　　）なら、休みましょう。

   1. ふべん　　　　　　　　　2. わるい

   3. きらい　　　　　　　　　4. いや

8. このものは紙のように（　　　　）。

   1. みじかい　　　　　　　　2. ほそい

   3. うすい　　　　　　　　　4. ちいさい

9. そのことは（　　　　）聞きました。

   1. おおよそ　　　　　　　　2. もっと

   3. ぜひ　　　　　　　　　　4. まだ

10. 山本先生がもうすぐ教室に（　　　　）はずです。

   1. おっしゃる　　　　　　　2. ごらんになる

   3. おいでになる　　　　　　4. はいけんする

情報検索　3

◆鳥割烹　末げん　名店ランチ◆

　ふわとろ感が満点の親子丼。ご飯がたっぷりつゆとから
み、ほんのり甘く、昔懐かしいオフクロの味がするよう。
珍しく挽肉を使った親子丼である。

　茨城奥久慈のしゃも、千葉の地養鳥、埼玉の合鴨の3種
類を二度挽きに。肉質のしまったしゃも、地面に放して運
動させている地養鳥は柔らかく、合鴨はコクのある脂身を
出す。これら3種の合わせは夜の鳥鍋につくねとして供す
る具材と同一というお楽しみ。これを久慈の地卵でとじ
る。黄色過ぎずオレンジ色すぎず、食欲をそそる合いと弾
力あふれるボリューム感。醤油とみりん、隠し味に少量の
酒を。砂糖は一切使わないから、鳥本来の甘味を心行くま
で味わえる。

戦前からお客待ちの車の運転手や、店に使いに来る人の
ために用意したまかないが発祥。鳥割烹店で毎日用意でき
る具材で、早くできてすぐに食べられてというメニューを
考えたそうだ。3代目になりランチを初め、「そうだ、あ
れを出そう」ということになったとか。三島由紀夫が最後
の晩餐を催した割烹である。楯の会のメンバーと共に、当
店名物、「わ」と名づけられた鳥鍋を食した翌日、自衛隊
市ヶ谷駐屯地で割腹した。

 読解練習

　文章を読んで、それぞれの問いに対する答えとして最
も適当なものを1、2、3、4から一つ選びなさい。
問1　この店の料理ではないものはどれか。
　　　1. 親子丼
　　　2. 鳥鍋
　　　3. 鳥割烹
　　　4. 魚割烹

問2　この文章の内容と合っていないものはどれか。
　　　1. この店の自慢は鳥割烹だ。
　　　2. いろいろな調味料を使って、この店の料理がおい
　　　　しい。
　　　3. この店は戦前から有名になった。
　　　4. 三島由紀夫はこの店のランチを食べたことがあ
　　　　る。

語彙練習

一、発音を聞いて、対応する日本語の常用漢字を書いてください。

1. _____ ;　　2. _____ ;　　3. _____ ;　　4. _____ ;

5. _____ ;　　6. _____ ;　　7. _____ ;　　8. _____ ;

9. _____ ;　　10. _____ 。

二、次の文の_____に入れる言葉として最も適切なものを一つ選びなさい。

1. みかんの_____を味わっている。

2. このライスは_____があって、おいしい。

3. 彼は倒産して、貧乏の_____を知った。

4. 部屋に入ると、いい_____がした。

5. 彼らは_____を共にした。

辛酸　　におい　　味　　歯ごたえ　　甘み

三、言葉の理解

1. 例　文

〜み

1. 子どもは父親が亡くなって、悲し<u>み</u>に沈んでいる。

2. このくぎは、ちょうどこの深<u>み</u>にはまる。

3. このコーヒーの黒みだけ<u>見る</u>と、おいしいと思う。

2. 会　話

A：博士学位を収得したそうですね。

B：そうです。学位審査がたいへんでした。

A：おめでとうございます。学位の授与式はいつですか。

B：3月25日です。その日を楽しみにしております。

3. 拡大練習

考えられる言葉を入れてみましょう。

_____

_____

_____＋み

_____

_____

完全マスター

1. チャンスがあれば、日本の（　　　　）を見に行きたいです。

　1. おわび　　　　　　2. おれい

　3. おかげ　　　　　　4. おまつり

2. お年寄りは階段を（　　　　）とき、気をつけたほうがいいです。

　1. あげる　　　　　　2. あがる

　3. 散歩する　　　　　3. 行く

3. 北京の道路はいつも（　　　　）。

1. いそがしいです　　　　　2. とまっています

　　3. こんでいます　　　　　　4. おおいです

4. 最近太ったので、このズボンはちょっと（　　　　）
　　くなりました。

　　1. せまいく　　　　　　　　2. ほそく

　　3. みじかく　　　　　　　　4. きつく

5. 公園で（　　　　）人に道を聞かれました。

　　1. みない　　　　　　　　　2. おもわない

　　3. しらない　　　　　　　　4. なれない

6. おじいさんが階段で（　　　　）けがをしました。

　　1. さげて　　　　　　　　　2. おりて

　　3. たおれて　　　　　　　　4. ころんで

7. （　　　　）お金がなくても、高い品物を買いたいです。

　　1. たぶん　　　　　　　　　2. すこしも

　　3. いくら　　　　　　　　　4. あまり

8. 焼き鳥は、1本50円ですから、4本で（　　　　）200
　　円です。

　　1. たいてい　　　　　　　　2. ほとんど

　　3. たぶん　　　　　　　　　4. ちょうど

9. 貧乏でも、（　　　　）他人のものを盗んではいけま
　　せん。

　　1. かならず　　　　　　　　2. きっと

　　3. けっして　　　　　　　　4. ぜひ

10. いつも10日前に切符の（　　　　）をしておきます。

　　1. よてい　　　　　　　　　2. よやく

　　3. やくそく　　　　　　　　4. ようじ

情報検索　4

◆天気予報◆

● 全国概況（2011年1月10日21時発表）

　11日は冬型の気圧配置が一時的に緩むでしょう。北日本の日本海側では昼ごろまでに雪がやんで、強い風も<u>収まり</u>そうです。太平洋側の各地も日中は乾燥した晴天が続くでしょう。夜は日本海と日本の南に低気圧が発生するため、西日本では雪や雨の降る所があるでしょう。沖縄も夜は所々で雨が降りそうです。全国的に気温が低く、特に朝の冷え込みが強まるでしょう。

● 愛知地方の天気

　愛知県では、今日の夜遅くまで強風や高波に、今日まで空気の乾燥による火の取り扱いに、明日まで低温に注意して下さい。日本付近は、冬型の気圧配置となっています。このため、東海地方は概ね晴れていますが、三重県や岐阜県飛騨地方、静岡県伊豆などで雲が多くなっています。東海地方の今夜は、冬型の気圧配置が続くため概ね晴れますが、寒気の影響で、三重県や岐阜県では雲が広がりやすく、山地では雪の降る所があるでしょう。

　静岡県では、局地的な前線の影響で、伊豆を中心に雲が広がる<u>見込み</u>です。明日は、冬型の気圧配置が緩みますが、上空の気圧の谷や湿った空気の影響で、朝晩を中心に雲が広がりやすく、三重県や岐阜県では夜遅くに雨や雪の

降る所があるでしょう。

読 解 練 習

　文章を読んで、それぞれの問いに対する答えとして最も適当なものを1、2、3、4から一つ選びなさい。

問1　「収まりそうです」の「収まる」は次のどの意味ですか。

　　　1. 安定した状態になる。
　　　2. 平和になる。
　　　3. 荒れていた天候が静まる。
　　　4. 心が落ち着く。

問2　「見込み」は何の意味ですか。
　　　1. 見た様子
　　　2. 予想
　　　3. 可能性や望み
　　　4. 奥ゆき

語 彙 練 習

一、発音を聞いて、対応する日本語の常用漢字を書いてください。

　　　1. _____；　　2. _____；　　3. _____；　　4. _____；

　　　5. _____；　　6. _____；　　7. _____；　　8. _____；

　　　9. _____；　　10. _____。

二、次の文の＿＿＿に入れる言葉として最も適切なものを
　一つ選びなさい。

　　1. ＿＿＿の自動車が道を走っている。

　　2. 鳥の＿＿＿が空の遠くに消えた。

　　3. ＿＿＿のよい商品は売りやすい。

　　4. 空が曇って、雨が降りそうな＿＿＿だ。

　　5. 知っているのに、知らない＿＿＿をする。

　　　　ふり　　　様子　　　形　　　姿　　　大型

三、言葉の理解

　　## 1. 例　文

　　～型

　　1. 彼女はクラスの中で、うるさ型だ。

　　2. 現在小型のデジタルがはやっている。

　　3. 歌舞伎の型が難しい。

　　## 2. 会　話

　　A：早く寝なさいよ。こんな遅くまで大丈夫か。

　　B：私は夜型なので、今全然眠れないよ。

　　A：しかたがないね。私は朝型だから、じゃ、お休
　　　　みなさい。

　　B：お休みなさい。

3. 拡大練習

考えられる言葉を入れてみましょう。

―――――――

―――――――

―――――――＋型

―――――――

―――――――

完全マスター

1. 彼は何も知らない（　　　　）をしています。
   1. 顔　　　　　　　　　　2. 足
   3. 腕　　　　　　　　　　4. 目
2. そんな（　　　　）ではお客さんに失礼ですよ。
   1. 格好　　　　　　　　　2. 形
   3. 格式　　　　　　　　　4. 状態
3. （　　　　）を終了して卒業しました。
   1. 家庭　　　　　　　　　2. 課程
   3. 過程　　　　　　　　　4. 仮定
4. 課長の（　　　　）会議に出席しました。
   1. まわりに　　　　　　　2. わたりに
   3. おわりに　　　　　　　4. かわりに
5. もう日本の留学生活に（　　　　）。
   1. なれました　　　　　　2. ふれました
   3. つれました　　　　　　4. はなれました

6. よく英語をまちがえるので、とても（　　　　）です。
   1. うつくしい　　　　　　　2. すばらしい
   3. はずかしい　　　　　　　4. めずらしい
7. 火事で家がぜんぶ（　　　　）しまいました。
   1. わいて　　　　　　　　　2. けし
   3. やけて　　　　　　　　　4. こわして
8. いくらさがしても、ここにおいたはずの財布が
   （　　　　）。
   1. みつけない　　　　　　　2. みない
   3. みえない　　　　　　　　4. みつからない
9. 五月なのに（　　　　）暑くなりました。
   1. 早に　　　　　　　　　　2. 速に
   3. 急に　　　　　　　　　　4. 先に
10. わたしのふるさとでは、おまつりのとき、男も
    （　　　　）をはきます。
    1. スカート　　　　　　　　2. オーバー
    3. セーター　　　　　　　　4. ワイシャツ

情報検索 5

上島　様

株式会社山川商事
代表取締役社長
三島　次郎
採用内定のご連絡

拝啓　時下ますますご健勝のこととお慶び申し上げます。

　さて、先日は、当社入社試験にご応募いただき誠にありがとうございました。厳正なる選考の結果、貴殿を採用いたすことを内定しましたのでご連絡いたします。

　つきましては、同封の書類をご記入いただき、期限までにご返送ください。

　なお、入社までの期間、学業に励まれ、ご健康にお過ごしになりますようお願いいたします。

敬　具

平成22年2月15日

記

　1. 提出書類　入社承諾書　誓約書　身元保証書
　2. 提出期限　平成22年3月25日
　　　　　　　ご不明などがありましたら、
　　　　　　　人事担当　中村美智子
　　　　　　　電話（03－1234－5678）
　　　　　　　までお問い合わせください。

以上

⧖ ◇読◇解◇練◇習◇

文章を読んで、それぞれの問いに対する答えとして最も適当なものを1、2、3、4から一つ選びなさい。

問1　誰が採用されたか。
    1. 中村美智子
    2. 三島次郎
    3. 上島
    4. 私

問2　上島は何の書類を提出する必要がないか。
    1. 入社承諾書
    2. 誓約書
    3. 身元保証書
    4. 推薦書

⧖ ◇語◇彙◇練◇習◇

一、発音を聞いて、対応する日本語の常用漢字を書いてください。

1. _____ ;　2. _____ ;　3. _____ ;　4. _____ ;
5. _____ ;　6. _____ ;　7. _____ ;　8. _____ ;
9. _____ ;　10. _____ 。

二、次の文の_____に入れる言葉として最も適切なものを一つ選びなさい。

1. _____の面接試験にご応募いただき、誠にありがと

うございました。

2. _____を採用いたすことになりました。

3. 狭いながら楽しい_____。

4. 私は_____とのデートを楽しみにしています。

5. _____は先生のお手紙を拝見いたしました。

| 小生 | 彼氏 | 我が家 | 貴殿 | 当社 |

三、言葉の理解

1. 例　文

当～

1. 今日私は掃除当番です。

2. 菅直人は首相に当選されました。

3. 当面で感謝の意を表したいです。

2. 会　話

A：田中さんは今日の会議に欠席したね。

B：本当だ。

A：田中さんは今日の議案に賛成するかな。

B：当人に確認しないと分からないね。

3. 拡大練習

考えられる言葉を入れてみましょう。

　　　　　_____

　　　　　_____

当＋_____

　　　　　_____

　　　　　_____

☕ 完全マスター ≪≪

1. 毎日（　　　　）の公園へ散歩に行きます。
   1. 近所　　　　　　　　　　2. 近処
   3. 近署　　　　　　　　　　4. 近地
2. 中国の（　　　　）はだんだん発展してきた。
   1. 計財　　　　　　　　　　2. 経剤
   3. 計済　　　　　　　　　　4. 経済
3. 彼はパーティーに参加するかどうか、（　　　　）わ
   かりません。
   1. しっかり　　　　　　　　2. たっぷり
   3. はっきり　　　　　　　　4. びっくり
4. 地震でたくさんの人がなくなりました。それはとて
   も（　　　　）ことです。
   1. うれしい　　　　　　　　2. おかしい
   3. かなしい　　　　　　　　4. やさしい
5. ホテルの部屋がひとつだけ（　　　　）いました。
   1. あけて　　　　　　　　　2. しまって
   3. ひらいて　　　　　　　　4. あいて
6. 壁に写真が（　　　　）あります。
   1. かいて　　　　　　　　　2. かけて
   3. えがいて　　　　　　　　4. おいて
7. 息子は顔がお父さんによく（　　　　）。
   1. にています　　　　　　　2. つたえています
   3. おなじです　　　　　　　4. あっています
8. 身高 1.4 メートル（　　　　）は大人の切符を買って

ください。
1. いか
2. いじょう
3. いない
4. いがい

9. これは、卒業の記念品として、先生に（　　　　）辞書です。
1. よまれた
2. くださった
3. いただいた
4. あげた

10. ホテルの（　　　　）で、まっすぐ屋上まで上がりました。
1. ドア
2. エレベーター
3. カレンダー
4. テープレコーダー

 情報検索　6

お客様　各　位

平成　　年　　月　　日

株式会社　山川化学薬品工業

代表取締役社長　00　00

容器回収サービス開始のご案内

拝啓　時下ますますご隆昌のことと存じます。

日頃より、弊社へのご支援、ご協力を賜り厚くお礼申し上げます。

さて、弊社では、このたび製品のリサイクル率向上のため、製品容器の回収サービスを開始いたします。このサー

ビスは、これまで廃棄されていた空き容器を弊社の契約す
る業者が定期的に回収にお伺いするものです。また、回収
依頼があれば、その都度お伺いすることも行います。これ
により回収した後、再利用可能な容器は洗浄し再利用され
ます。

　環境問題は、地球規模の重要課題であり、弊社としまし
ても環境対策を長期経営計画において重点項目に掲げてお
ります。今般の容器回収サービス開始は、その取り組みの
第一歩となるものです。皆様には、多大なご負担とご協力
をお願いするとは存じますが、なにとぞ、本サービスの趣
旨へのご理解を賜り、積極的にご協力いただけますようお
願い申し上げます。

　当サービスについての詳細は、担当者がご説明にお伺い
することとしておりますが、まずは、書中をもちまして新
サービス開始のご案内とご協力のお願いを申し上げます。

敬　具

読解練習

　文章を読んで、それぞれの問いに対する答えとして最
も適当なものを1、2、3、4から一つ選びなさい。

問1　この会社の容器回収サービスの目的は何だか。

　　　1. 廃棄されていた空き容器を売るため。

　　　2. 回収依頼者の容器を購入するため。

　　　3. 製品のリサイクル率向上のため。

　　　4. 再利用可能な容器を売買するため。

問2　この会社の重点項目は何ですか。
　　　1. 会社の売り上げを高める。
　　　2. 新サービスを開始する。
　　　3. 新製品を開発する。
　　　4. 環境対策を長期経営計画にする。

語彙練習

一、発音を聞いて、対応する日本語の常用漢字を書いてく
　ださい。
　　　1. _____ ;　　2. _____ ;　　3. _____ ;　　4. _____ ;
　　　5. _____ ;　　6. _____ ;　　7. _____ ;　　8. _____ ;
　　　9. _____ ;　　10. _____ 。
二、次の文の_____に入れる言葉として最も適切なものを
　一つ選びなさい。
　　　1. 一週間_____土曜日が休みとなった。今週は休みだ
　　　　から来週は出勤だ。
　　　2. 彼は会う人_____、やさしく話しかけた。
　　　3. 選手がミスをする_____監督は厳しく注意した。
　　　4. その_____お宅にお伺いします。
　　　5. 非常の_____ベルを押します。

　　　　さい　　つど　　たびに　　ごとに　　おきに

三、言葉の理解

1. 例　文

～おきに

1. 2メートルおきに印をつけた。

2. 作文を書くときは一行おきに書いてください。

3. 二日おきにパートの仕事をすることにした。月曜
　日に仕事をすれば、次は木曜日に行けばよい。

2. 会　話

A：お医者さん、うちのこどもは体がだるくて、熱
　　があるようですが。

B：じゃ、体温をはかってみましょう。

A：大丈夫ですか。

B：インフルエンザです。この薬を7時間おきに一
　　回飲んでください。1回2錠ずつね。もし治ら
　　なければ、三日後に、病院に来てください。

3. 拡大練習

考えられる言葉を入れてみましょう。

_____

_____

_____＋おきに

_____

_____

1. (　　　　　) スーパーに行ったとき、彼に出会った。
   1. このごろ　　　　　　　　2. こんど
   3. このあいだ　　　　　　　4. しばらく

2. (　　　　　) を飲んだら車の運転をしてはいけません。
   1. さけ　　　　　　　　　　2. みず
   3. おゆ　　　　　　　　　　4. おす

3. 紅茶に (　　　　　) をいれますか。
   1. チョコレート　　　　　　2. バナナ
   3. パイナップル　　　　　　4. レモン

4. 寒いので、ぼうしを (　　　　　)。
   1. きました　　　　　　　　2. かぶりました
   3. はめました　　　　　　　4. はきました

5. わたしは寝る前に、歯を (　　　　　)。
   1. みがきます　　　　　　　2. そうじします
   3. あらいます　　　　　　　4. そります

6. 教室を出るとき、かぎを (　　　　　) ください。
   1. つけて　　　　　　　　　2. はめて
   3. かけて　　　　　　　　　4. うけて

7. 家に帰ったら、すぐシャワーを (　　　　　) た。
   1. あらい　　　　　　　　　2. はいり
   3. あび　　　　　　　　　　4. あけ

8. 現在は、大学を (　　　　　) 就職しにくいです。
   1. はいっても　　　　　　　2. いれても

3. だしても　　　　4. でても

9. 不注意で、ちゃわんを（　　　　）しまいました。

1. わって　　　　　2. こわして

3. つぶして　　　　4. こわれて

10. 3時間もかかって、（　　　　）宿題を完成しました。

1. きっと　　　　　2. すぐ

3. もう　　　　　　4. やっと

 情報検索　7

◆スーパー玉屋　ポイントカードのご案内◆

お買い物ポイント	商品券以外のお買い物にポイントがつきます	105円ごとに1ポイント
ポイント2倍デー	毎月15日はポイント2倍デー（お買い物ポイントが2倍に！）	105円ごとに2ポイント
ボーナスポイント1	一ヶ月間に3万円以上買い物のお客様	50ポイント
ボーナスポイント2	新しくポイントカードを作られたお客様	20ポイント
グリーンポイント	お買い物用バッグを持ってお買い物のお客様	2ポイント

◎毎日のお買い物でポイントを貯める！

※ボーナスポイント1は、3万円以上お買い物をされた次

の月にプレゼントします。

※ボーナスポイント2は、カードを作られたあとの最初の
お買い物の際にプレゼントします。

※グリーンポイントがつくのは1月1回までです。

※カードは必ずレンジでお支払いをする前にレジ係に渡し
てください。

●貯まったポイントでお買い物。

☆500ポイントで500円のお買い物券と交換できます。

☆ポイントの交換はサービスカウンターで行っておりま
す。

●カードは無料で作れます。サービスカウンターで今すぐ
お申し込みを!

・カードを作ったその日からポイントが貯められます。

・申し込み用紙に、名前・連絡先などを記入するだけでお
申し込みできます。

・申し込み用紙はサービスカウンターに置いてあります。
また玉屋ホームページからもプリントができます。
もっと詳しく知りたい方は…玉屋　HPwww.tamaya.xx.jp
サービスカウンターTEL：04－8888－33xx

 読解練習

　文章を読んで、それぞれの問いに対する答えとして最
も適当なものを1、2、3、4から一つ選びなさい。

　王さんは、よく行くスーパー玉屋のポイントカードを作
ろうと思っています。王さんは、スーパー玉屋ではいつも

食料品を買い、買い物をするときは買ったものを入れるバッグを持っていきます。

問1　ポイントカードを作るにはどうすればいいか。

1. はんこと身分証明書を持ってだービスカウンターへ行く。

2. ホームページから申し込み用紙をプリントしてスーパーに送る。

3. サービスカウンターで申し込み用紙をもらって必要なことを書く。

4. サービスカウンターで申し込み用紙を書いてレジに渡す。

問2　王さんは1月25日にポイントカードを作り、その日に2635円買い物をした。何ポイント貯めることができるか。

1. 28ポイント

2. 72ポイント

3. 22ポイント

4. 47ポイント

語彙練習

一、発音を聞いて、対応する日本語の常用漢字を書いてください。

1.＿＿＿＿；　　2.＿＿＿＿＿；　　3.＿＿＿＿＿；　　4.＿＿＿＿＿；

5.＿＿＿＿；　　6.＿＿＿＿＿；　7.＿＿＿＿＿；　　8.＿＿＿＿＿；

9.＿＿＿＿；　　10.＿＿＿＿＿。

二、次の文の＿＿＿に入れる言葉として最も適切なものを一つ選びなさい。

1. 病気で入院していたが、＿＿＿すっかり元気になった。

2. そんな基本的なことは、＿＿＿勉強したはずだ。

3. 母は＿＿＿でかけました。一時間ほど前です。

4. このあたりは＿＿＿畑だったが、今は住宅地になっている。

5. ＿＿＿一緒に飲んだ酒はおいしかったね。

この間　　かつて　　さっき　　とっくに　　もう

三、言葉の理解

1. 例　文

～できる

1. 誰でもその申請書を請求できます。

2. この文章は簡単なので、誰でも理解できます。

3. このチームが強いので、必ず進級できると思います。

2. 会　話

A：こんな難しい問題を解決できるかな。

B：どういうことか。

A：あの新製品にお客さんのクレームが入ったよ。

B：何でもやれば**できる**よ。頑張ってくださいね。

3. 拡大練習

考えられる言葉を入れてみましょう。

＿＿＿＿＿＿＿＿

＿＿＿＿＿＿＿＿

＿＿＿＿＿＿＿＿＋できる

＿＿＿＿＿＿＿＿

＿＿＿＿＿＿＿＿

 完全マスター ≪

1. 入学試験に（　　　　　）しましたが、来年頑張ります。
   1. じっはい　　　　　　　2. しつばい
   3. しっぱい　　　　　　　4. しっはい

2. この（　　　　）はたいへんいいですが、値段が高いです。
   1. ひんもの　　　　　　　2. ひんぶつ
   3. しなもの　　　　　　　4. しなひん

3. この（　　　　）に間違いがいっぱいです。
   1. レベル　　　　　　　　2. プリント
   3. ボールペン　　　　　　4. タイプ

4. このまえのテストは（　　　　）むずかしくなかったです。
   1. あまり　　　　　　　　2. いつも
   3. たとえ　　　　　　　　4. よく

5. きょうは暖かくて（　　　　）春のようです。
　　1. ぜひ　　　　　　　　　　2. まるで
　　3. ずっと　　　　　　　　　4. いつか

6. 暖房を入れたので教室が（　　　　）なりました。
　　1. あたたかく　　　　　　　2. つめたく
　　3. さむく　　　　　　　　　4. すずしく

7. ねるまえに（　　　　）コーヒーを飲んだのでぜんぜん眠れません。
　　1. かたい　　　　　　　　　2. やわらかい
　　3. うすい　　　　　　　　　4. こい

8. この辺はディスコやレストランがおおいので、よるも（　　　　）です。
　　1. にぎやか　　　　　　　　2. おだやか
　　3. しずか　　　　　　　　　4. ゆたか

9. この薬はよくききますが、とても（　　　　）です。
　　1. くるしい　　　　　　　　2. つらい
　　3. にがい　　　　　　　　　4. からい

10. 電話をしたいのですが、（　　　　）お金がありません。
　　1. ちいさい　　　　　　　　2. すくない
　　3. ほそい　　　　　　　　　4. こまかい

情報検索　8

◆新規開店につき、アルバイト大募集!◆

◎スーパー大栄　3月1日（月）さくら駅前に開店

◎新しくオープンするスーパーで一緒にアルバイトを始め
　ませんか。

　興味がある方は、どんどん応募してください。

【資格】18歳以上の男女

【応募】まずは、お電話で連絡ください。

　　　　その時に、必ず応募したいアルバイトの種類をお知
　　　　らせください。

　　　　面接は2月8日（月）～12日（金）のあいだに行い
　　　　ます。

　　　　面接の時は、履歴書に写真をはって持ってきてくだ
　　　　さい。

　　　　連絡先：03－2626－222X　　　担当者：谷

【応募期限】1月20日（水）まで応募を受け付けます。

募集中のアルバイト▼

アルバイトの種類	勤務期間	曜日	自給
レジ	16：00～20：00	＊月～日	850 円
サービスカウンター	10：00～14：00	土・日	800 円
コーヒーショップ みきもとコーヒー	10：00～14：00	火・木・土	900 円

アルバイトの種類	勤務期間	曜日	自給
パン屋 ふじもとベーカリー	8：00～13：00	＊月～日	800円
お弁当コーナー	15：00～19：00	月・火・金	800円
クリーニングスタッフ （店内のそうじ）	12：30～15：30	＊月～日	950円

＊レジ、パン屋、クリーニングスタッフ（は1週間に3日間以上
アルバイトできる方を募集しています）。

留学生の楊さん（24歳）は、新幹線日本語学校で勉強
していますが、授業がないときにアルバイトをしようと思
っています。楊さんの学校は、毎日9時～1時まで、水曜
日と金曜日は午後にも2時～4時まで、授業があります。
土曜日と日曜日はお休みです。

🕐〈読〉〈解〉〈練〉〈習〉

文章を読んで、それぞれの問いに対する答えとして最
も適当なものを1、2、3、4から一つ選びなさい。

問1　楊さんが、アルバイトに応募するにはどうしなけれ
　　　ばならないか。
　　　1.3月までに、スーパーに電話して面接の時間を予
　　　　約する。
　　　2.1月20日までに、履歴書に写真をはってスーパー
　　　　に持っていく。

3. 2月12日までに、履歴書に写真をはってスーパー
に送る。

4. 1月20日までに、スーパーに電話して希望のアル
バイトの種類を言う。

問2　楊さんが、応募することができるアルバイトはいく
つあるか。

1. 4つ　　　　2. 3つ　　　　3. 2つ　　　　4. 1つ

語彙練習

一、発音を聞いて、対応する日本語の常用漢字を書いてく
ださい。

1. _____;　　2. _____;　　3. _____;　　4. _____;

5. _____;　　6. _____;　　7. _____;　　8. _____;

9. _____;　　10. _____。

二、次の文の_____に入れる言葉として最も適切なものを
一つ選びなさい。

1. 医者は患者に_____病状を詳しく説明すべきだ。

2. わたしは日本社会の女性の地位に_____研究してい
ます。

3. 宗教に_____起こる戦争が多い。

4. 環境は人類に_____大切です。

5. 彼は弁護士_____活躍している。

として　　とって　　かんして　　ついて　　対して

三、言葉の理解

1. 例　文

〜がち

1. あの人は最近会社を休み<u>がち</u>だが、体が悪いのだろうか。

2. 気持ちの表し方が下手だと、とかく人から誤解され<u>がち</u>だ。

3. 月曜日の朝は出かけるのが遅れ<u>がち</u>になる。

2. 会　話

A：外来語の増加が社会的な問題になっているね。

B：まあね、新しい事物や概念を表すために外来語が使われるのはいいんじゃない。

A：でも、適当に外来語の使用は制限したほうがいいと思う。例えば、外来語を使いすぎると、高齢者のような人に必要な情報に伝わらないということになり**がち**だよね。

B：なるほど。それはたしかに問題になるね。

3. 拡大練習

考えられる言葉を入れてみましょう。

———————

———————

———————＋がち

———————

———————

完全マスター

1. 母の病気を心配して仕事に（　　　）できません。
   1. 熱心　　　　　　　　2. 注意
   3. 集中　　　　　　　　4. 上達

2. 食料品の（　　　）で調味料を買いました。
   1. ガソリンスタンド　　2. コーナー
   3. コップ　　　　　　　4. プール

3. お金があれば、（　　　）の各地を回りたいです。
   1. せっかい　　　　　　2. せいか
   3. せかい　　　　　　　4. せがい

4. なにもすることがなくて（　　　）です。
   1. ふべん　　　　　　　2. たいくつ
   3. だいじょうぶ　　　　4. かんたん

5. 牛乳が腐ると（　　　）なります。
   1. あまく　　　　　　　2. にがく
   3. すっぱく　　　　　　4. からく

6. 手紙を出したいんですが、いくらの（　　　）を貼ればいいですか。
   1. きっぷ　　　　　　　2. きって
   3. ふうとう　　　　　　4. びんせん

7. 山下さんはあの赤い（　　　）をしめている人です。
   1. セーター　　　　　　2. シャツ
   3. ネクタイ　　　　　　4. ブラウス

8. 服の袖が（　　　　）ています。

   1. よごれ   2. ふれ

   3. はなれ   4. ふまれ

9. そのコップは（　　　　）なので、運ぶとき、気をつ
けてください。

   1. 大事   2. 大時

   3. 大地   4. 大自

10. 会社が機械を修理する（　　　　）を持っている人を
募集しています。

   1. きょうみ   2. ぎじゅつ

   3. しゅみ   4. きそく

第四章　長　文

キーポイント

☆長文を解くにまるで犯人探しをするような推理分析が必要だ。自分勝手に正解を決め込むのではなく、文章の内容から正解を推理するのだ。

 長　文　1

◆家族のような食卓風景◆

「高齢者犯罪の背景に孤独感がある」と警視庁は分析する。社会との接点を、万引きで捕まることに求めているとすれば悲しい。

薄れつつある地縁血縁の結びつきを何とか回復しないと、現在の超高齢社会が直面する問題は、さらに深刻化していくだろう。

北海道釧路市の住宅街に、かつて病院だった建物を活用した「地域食堂」がある。

運営しているのは、「安心して老いられる地域づくり」

に取り組むNPO（非営利組織）法人「わたぼうしの家」。活動の一環として、週に1回、300円ほどで昼食とコーヒーを出す店を開く。

きっかけは10年前、一人暮らしのお年寄りへの聞き取り調査で、「家で食事を作っても、寂しくて食べないことがある」という答えが6割を占めたことだった。

そうした独居高齢者のために、と店を始めたが、意外にも幅広い世代が集う場所となった。

お年寄りだけでなく、地域とのつながりを求める転勤族の親子など数十人がテーブルを囲み、ボランティアが腕をふるう料理に舌鼓を打つ。

先週はお客だった人が、今週はボランティアとして調理場に立っている。若い母親に連れられてきた乳幼児が、お年寄りをおじいちゃん、おばあちゃんと慕う。家族で食卓を囲む光景そのものだ。（読売新聞）

読解練習

文章を読んで、それぞれの問いに対する答えとして最も適当なものを1、2、3、4から一つ選びなさい。

問1　なぜ高齢者が万引きで捕まることに求めているか。

1. 高齢者は孤独感があるから。
2. 高齢者は貧乏で物を盗みたがるから。
3. 高齢者はおいしい食べ物をたべたがるから。
4. 高齢者は料理を作りたがる。

問2　この文章の内容と合っていないものはどれか。

1. 高齢者犯罪万引きなどの犯罪の背景が孤独感にある。
2. 地縁血縁の結びつきが薄れつつある。
3. 北海道釧路市の住宅街に「地域食堂」が友達を作る場所だ。
4. 北海道釧路市の住宅街の「地域食堂」は幅広い世代が集う場所になる。

語彙練習

一、発音を聞いて、対応する日本語の常用漢字を書いてください。

1. ＿＿＿＿；　2. ＿＿＿＿；　3. ＿＿＿＿；　4. ＿＿＿＿；
5. ＿＿＿＿；　6. ＿＿＿＿；　7. ＿＿＿＿；　8. ＿＿＿＿；
9. ＿＿＿＿；　10. ＿＿＿＿。

二、次の文の＿＿＿＿に入れる言葉として最も適切なものを一つ選びなさい。

1. ＿＿＿＿が増えるに伴い、青少年犯罪の問題が厳しくなる。
2. ＿＿＿＿が新しい様式の服装をデザインした。
3. ＿＿＿＿がこの機械の故障を修理した。
4. ＿＿＿＿の新作が発表されて、大人気になった。
5. ＿＿＿＿のおかげで、人工衛星の打ち上げが成功した。

科学者　作家　エンジニアデ　ザイナー　暴走族

三、言葉の理解

1. 例　文

～族

1. 窓際族は昇進の希望がない人です。
2. 太陽族は既成の秩序にとらわれないで行動する戦後の青年たちです。
3. アイヌ族は現在日本の唯一の少数民族です。

2. 会　話

A：最近、「母指族」という言葉がすごく流行してますね。

B：そうなんですか。

A：「母指族」ってどう意味ですか。

B：「母指族」って、母指で携帯電話、パソコン、ゲームなどを操作する若者を指しますよ。

3. 拡大練習

考えられる言葉を入れてみましょう。

_____

_____

_____＋族

_____

_____

☕ 完全マスター

1.「王さんは英語がお上手ですね」「いえ、（　　　　）でもありません。」
   1. ほんとう　　　　　　　2. それほど
   3. ほとんど　　　　　　　4. なるほど

2. お茶が冷めていたので、店の人に（　　　　）を言った。
   1. 反対　　　　　　　　　2. 考え
   3. 文句　　　　　　　　　4. お代わり

3. わたしたちの結婚は父に（　　　　）。
   1. 反対されました　　　　2. 招待されました
   3. 紹介されました　　　　4. 教育されました

4. すみませんが、和崎先生の電話番号を（　　　　）ください。
   1. 掛けて　　　　　　　　2. 教えて
   3. 答えて　　　　　　　　4. 説明して

5. 幸子さんはピンクのスカートと（　　　　）を穿いています。
   1. セーター　　　　　　　2. ハンカチ
   3. サンダル　　　　　　　4. オーバー

6. カップラーメンはお湯を（　　　　）だけで、簡単に作れます。
   1. わく　　　　　　　　　2. あびる
   3. まぜる　　　　　　　　4. そそぐ

7. (　　　　) があったら、またヨーロッパへ行きたいです。

1. りゆう　　　　　　　　2. ばあい
3. きかい　　　　　　　　4. げんいん

8. (　　　　) 勉強したので、この間のテストは100点でした。

1. まじめに　　　　　　　2. そんなに
3. だいじに　　　　　　　4. たいせつに

9. この商品は賞味期限が (　　　　) いますよ。

1. なくなって　　　　　　2. 過ぎて
3. 待って　　　　　　　　4. 終わって

10. お湯が (　　　　) から、お茶を入れましょう。

1. あいた　　　　　　　　2. わいた
3. できた　　　　　　　　4. やけた

長　文 2

◆曲がり角のセンター試験◆

　今年も受験シーズンを迎えた。今月15、16日に実施される大学入試センター試験の志願者は約56万人。利用する大学・短大は国公私立合わせて800校あまりにのぼる。

　公正な選抜の仕組みとして一定の評価を受け、ここまで巨大化した試験だが、課題も少なくない。独立行政法人の入試センターのあり方も議論になっている。時代の変化に合わせた制度改革が必要だ。

　かつての共通1次試験に代えて1990年に始まったセンター試験は、私立大も含めて各校が自由に利用教科？科目を決められる「アラカルト方式」が特徴だ。こうした公的な統一試験は今後も必要だろう。

　とはいえ、少子化の一方で大学の数が増えて、今や志願者全員がどこかの大学には入れる「全入時代」だ。センター試験の一部教科だけで合否を決めたり、そもそも学力を問わなかったりするケースが目立つ。

　日本では入試が選抜の目的とともに高校卒業レベルの学力をつかむ手段として用いられてきたが、これではその役割が十分に果たせない。大学入学時の高校生の学力不足や二極化は深刻だ。日本の将来を担う人材の劣化を招く問題でもある。

　このため中央教育審議会は、大学進学を望むすべての高

校生の学力を測る「高大接続テスト」の導入を提言。文部科学省の有識者会議は、高校在学中に複数回テストを受けさせて大学入試に使う案を打ち出した。

　実現するには現行のセンター試験の存廃が問題となる。試験内容の重複や受験生の負担を考えればセンター試験を新しいテストに転換するのが現実的だろう。文科省などは早急に具体像を示してほしい。

　テストを大学入試センターが一手に引き受けるのかも検討課題だ。センター自体の見直しは昨年の「事業仕分け」でも注目され、運営費の1％ほどを渡されていた交付金も来年度はなくなる。だが、仕分けでは大学入試を体系的にとらえたわけではなく、議論は生煮えに終わった。

　センターには、入試や学力評価の専門家がそろっている。共通1次時代から30年余も続くこれまでのやり方にとらわれることなく、海外の事例や民間の試みも参考にして抜本的な改革を進めてもらいたい。(読売新聞)

読解練習

　文章を読んで、それぞれの問いに対する答えとして最も適当なものを1、2、3、4から一つ選びなさい。

問1　どのように時代の変化に合わせた受験制度を改革するか。

1.「アラカルト方式」という公的な統一試験が必要ではない。

2.共通の1次試験を受けさせる。

3. 大学入試センター自身が「事業仕分け」を行った。

4. 高校在学中に複数回テストを受けさせて大学入試に使う案を打ち出した。

問2　この文章の内容と合っていないものはどれか。

1. かつての共通1次試験に代えて、「アラカルト方式」という公式の試験が必要だ。

2. センター試験を新しいテストに転換するのが現実的だ。

3. 海外の事例や民間の試みも参考にして抜本的な改革が必要だ。

4. センター自体の見直しとしての「事業仕分け」が実施された。

語彙練習

一、発音を聞いて、対応する日本語の常用漢字を書いてください。

1. _____ ;　　2. _____ ;　　3. _____ ;　　4. _____ ;

5. _____ ;　　6. _____ ;　　7. _____ ;　　8. _____ ;

9. _____ ;　　10. _____ 。

二、次の文の＿＿＿＿に入れる言葉として最も適切なものを
　　一つ選びなさい。

　　1. 今日留学＿＿＿＿で留学生の忘年会が行われた。

　　2. ＿＿＿＿でガソリン代を払った。

　　3. ＿＿＿＿で野菜や肉を買った。

　　4. ＿＿＿＿でバスを待っている。

　　5. ＿＿＿＿で友達と食事をした。

> レストラン　バス停　スーパー　ガソリンスタンド
> センター

三、言葉の理解

　1. 例　文

　　〜センター

　　1. 今日、カルチャセンターで日本の生け花を習っ
　　　た。

　　2. プールセンターで冬休みのアルバイトを応募し
　　　た。

　　3. ゲームセンターで一日じゅう遊んでいる日本の主
　　　婦が少なくない。

　2. 会　話

　　A：もしもし、お母さん、今どこ。家に誰もいない
　　　わよ。

　　B：ショッピングセンターで買い物をしてるのよ。

　　A：お父さんはどこへ行ったの。日曜日なのに、な
　　　んで家にいないの。

B：お父さんはスポーツセンターでテニスをしている。すぐ帰るね。

3. 拡大練習

考えられる言葉を入れてみましょう。

_____
_____
_____＋センター
_____
_____

 完全マスター ≪≪

1. 冬はれい（　　　　）以下になる日が多いです。
   1. だい　　　　　　　　2. ばん
   3. め　　　　　　　　　4. ど

2. たくさんありますから、（　　　　）をしないで食べてくださいね。
   1. き　　　　　　　　　2. おせわ
   3. おれい　　　　　　　4. えんりょ

3. アメリカでは庭に（　　　　）がある家は珍しくないそうです。
   1. アパート　　　　　　2. プール
   3. ポケット　　　　　　4. パーティー

4. 進学すべきかどうか、彼女はまだ（　　　　）いるようです。
   1. まよって　　　　　　2. あきらめて

3. こまって　　　　　　　　　4. あわてて

5. よくわかりませんから、もうすこし（　　　　）説明
していただけませんか。
1. おおきく　　　　　　　　2. すくなく
3. くわしく　　　　　　　　4. ちいさく

6. （　　　　）ボールがとなりの庭に入ってしまいまし
た。
1. あげた　　　　　　　　　2. なげた
3. さげた　　　　　　　　　4. にげた

7. 上の娘は妻の若いころに（　　　　）です。
1. すっかり　　　　　　　　2. ぴったり
3. はっきり　　　　　　　　4. そっくり

8. 小鳥が逃げたので、近所の家を（　　　　）ずつ回っ
て聞きました。
1. いちど　　　　　　　　　2. いちだい
3. いっけん　　　　　　　　4. いっかい

9. 「この仕事は誰がやったんですか。」「わたくしが
（　　　　）。」
1. なさいました　　　　　　2. いたしました
3. おりました　　　　　　　4. さしあげました

10. 靴を穿かないで、（　　　　）の砂の上を歩きまし
た。
1. やま　　　　　　　　　　2. みなと
3. みずうみ　　　　　　　　4. かいがん

　健康な骨を作るためには、カルシウムをたくさんとるのがいいということはみんな知っている。ところが、それと同じぐらい運動が大事だということは、あまり知られていない。子どものころに十分運動をしないと、年をとってから骨が折れやすくなり、骨粗鬆症（こつそしょうしょう）という病気になるかもしれないのである。

　運動が大事だと言っても、どんな運動でもいいわけではない。ダンスやランニング、ジャンプなどの運動は健康な骨を作るために効果があり、水泳はあまり効果がないと言われている。骨を強くするには、自分の体重を支えながら運動が役に立つのだが、人の体は水に浮くので水中ではその必要がないからだ。

　運動にはさまざまな効果があるが、適切な運動は、骨をより太くより強くする。さらに、骨の周りの筋肉も強くなって、その筋肉が骨の強さを保つのに役に立つ。また、よく運動する人は体の動きが早く、全く運動をしない人に比べると、事故などによる骨折やけがを防ぎやすい。

　健康のための運動は、人生のどの段階で始めても効果があるが、強い骨を作るための運動は、違う。骨は、人が生まれてから30歳くらいまでの間に作り上げられてしまうからだ。それを考えると、子どものころにより強い骨を作っておいたほうがいいことがわかるだろう。健康な骨を

作るには、適切な時期に、効果的な運動をすることが大事なのだ。

文章を読んで、それぞれの問いに対する答えとして最も適当なものを1、2、3、4から一つ選びなさい。

問1　水泳はあまり効果がないのはどうしてか。
1. 自分の体重を支えながらする運動だから。
2. 自分の体重を支えなくてもよい運動だから。
3. 水の中では体重が重くなってしまうから。
4. 水の中で運動するときは力が必要ないから。

問2　文章の内容と合っているものはどれか。
1. 健康な骨を作るためには、どんな運動でも30歳になる前にしておかなければならない。
2. カルシウムをたくさんとってから運動をすれば、骨が強く太くなって折れにくくなる。
3. 子どものころに、ダンスやランニングなどの骨を強くする運動をしておいたほうがいい。
4. 子どものころに水泳などの運動をたくさんしておけば、年をとっても病気にならない。

語彙練習

一、発音を聞いて、対応する日本語の常用漢字を書いてください。

1. _____；　　2. _____；　　3. _____；　　4. _____；

5. _____；　　6. _____；　　7. _____；　　8. _____；

9. _____；　　10. _____。

二、次の文の_____に入れる言葉として最も適切なものを一つ選びなさい。

1. 休んでいる_____、ベルがなりました。

2. 旅行にいく_____、車が突然とまりました。

3. _____の人々は吐き気がすると言いました。

4. 福袋は_____です。

5. 18時なので、今、あのデパートは_____だと思います。

> 営業中　　売り出し中　　船中　　途中　　最中

三、言葉の理解

1. 例　文

～中

1. 雨中には、外出しないほうがいいです。

2. 海中の汚染問題が厳しくなってきます。

3. 授業中、あくびをしてはいけません。

2.会　話

A：お父さん、今日、おばあさんに電話をかけたん
　　だが、電話がずっと話中なんだよ。おばあさん
　　は大丈夫かな。

B：そうか。おばあさんは外出中かな。

A：それはいいけど。おばあさんのお体は大丈夫か
　　な。万一病気になったら、たいへんだよね。

B：じゃ、車で一緒に見て行こうか。

3.拡大練習

考えられる言葉を入れてみましょう。

＿＿＿＿＿＿

＿＿＿＿＿＿

＿＿＿＿＿＿＋中

＿＿＿＿＿＿

＿＿＿＿＿＿

 完全マスター ≪≪≪

1. 国際会議の会場に（　　　　）してもらいました。
　　1. あんない　　　　　　　　2. しつもん
　　3. しょうかい　　　　　　　4. ほんやく

2. 数学の（　　　　）の成績が悪かったので、父に叱ら
　　れました。
　　1. テキスト　　　　　　　　2. テスト
　　3. コート　　　　　　　　　4. ノート来

3.（　　　　）明日は世界大会に出発する日になりまし

た。

  1. いよいよ   2. ぜんぜん

  3. どんどん   4. だんだん

4. この湖は（   ）ですから、落ちないように注意

  してください。

  1. わかい   2. よわい

  3. つよい   4. ふかい

5. 先にパリに（   ）、それからロンドンへ行く予

  定です。

  1. とおって   2. かよって

  3. かえて   4. よって

6. 2（   ）おきに木が植えてあります。

  1. ページ   2. カーテン

  3. テーブル   4. メートル

7. レントゲンを撮るときは、少しのあいだ（   ）

  を止めなければなりません。

  1. こえ   2. いき

  3. むね   4. のど

8. 彼女は派手なものより、（   ）デザインのもの

  が好きです。

  1. オーバーな   2. ホットな

  3. シンプルな   4. ハッピーな

9. 地震で窓ガラスが（   ）、危ないです。

  1. われて   2. よごれて

  3. ふんで   4. おれて

10. 兄はわたしより（   ）がつよいです。

1. あたま　　　　2. げんき

3. せなか　　　　4. ちから

 長　文　4

　現場からの報告や通信の必要がある職業についている人
以外には、携帯電話は不必要なものである。日本では、公
衆電話を見つけることはそう困難なことではない。特に大
都市では駅、街路、ビルや店の入口など、どこにでもすぐ
に見つけることができる。

　携帯電話は小型化されてはいるが、重さを比べるとテレ
ホンカードの軽さには及ばない。テレホンカードはせいぜ
い3グラム程度である。テレホンカードを定期入れや財布
に入れておけばすぐに用が足せる。外出中に電話をかける
必要が起こったら、公衆電話からテレホンカードでかけれ
ばよい。

　レストラン、電車、街路などで携帯電話で話している人
は、自分だけの、周囲から切り離された世界を作り上げて
いる。話しているうちに、周りに他人がいることを意識し
なくなる。また、現在の電話は性能がよくなっていて、大
きな、高い声で話さなくても伝わることを知らない人が多
いらしい。こういう人が携帯電話を持つと、特別に大き
な、高い声を張り上げてしゃべる。こうして公衆の場に周
囲とは全く異なる、切り離された場を作ってしまう。レス

トランで食事をしていた私の後ろの席に、数人の女性が座っていた。しばらくしたら、その中の一人が急に大きな声で、固い口調でしゃべりだした。

　私は、彼女が言い争いを始めたのかと驚いて振り返ってみた。一人がウェイターが持ってきた携帯電話で話し始めたのだった。その店では、外部からお客にかかってきた電話を携帯電話で取り次いでいた。また、新幹線の駅のトイレの囲みの中で、かかってきた携帯電話に「はい、中村です。今、新幹線の駅にいます」と大声で答えている人がいた。トイレの中で自分の名を大声で名乗ることは恥ずかしいことだが、携帯電話は、恥ずかしさを忘れさせる作用があるのだろうか。

　だから、携帯電話の使用が場を考えて最小限にすべきである。

〈読〉〈解〉〈練〉〈習〉

　文章を読んで、それぞれの問いに対する答えとして最も適当なものを1、2、3、4から一つ選びなさい。

問1　携帯電話はなぜ特別の場合以外に不必要なものであるか。

　　1. 日本では公衆電話を見つけることはたやすくないです。

　　2. 外出中、電話をかけることは便利ではありません。

　　3. 携帯電話で話している人は、周りの人に迷惑をか

けるからです。

4.携帯電話は、恥ずかしさを忘れさせる作用があるのです。

問2　文章の内容と合っているものはどれか。

1.外出中、携帯電話で話している人は、自分だけの、周囲から切り離された世界を作り上げるのに役立つ。

2.現場からの報告や通信の必要がある職業についている人に携帯電話が必要です。

3.携帯電話が便利なので、最大限に使用すべきです。

4.携帯電話を使うことは、いいイメージをもたらすことができます。

 〈語〉〈彙〉〈練〉〈習〉

一、発音を聞いて、対応する日本語の常用漢字を書いてください。

1. _____ ;　2. _____ ;　3. _____ ;　4. _____ ;

5. _____ ;　6. _____ ;　7. _____ ;　8. _____ ;

9. _____ ;　10. _____ 。

二、次の文の_____に入れる言葉として最も適切なものを一つ選びなさい。

1.息子は船の模型を_____。

2. うるさいので、高い声を_____。

3. 彼に援助を_____。

4. 来年の入学費用は五十万円に_____予定です。

5. 本棚が半分ほど_____。

空く　　上がる　　仰ぐ　　張り上げる　　作り上げる

三、言葉の理解

1. 例　文

～上げる

1. ますますのご活躍を祈り上げる。

2. この広告は自分の商品の効能を歌い上げる。

3. お正月に人々は花火を打ち上げる。

2. 会　話

A：今日、新聞を読んだ。

B：どうしたの。

A：あの犯人は処刑されたよ。

B：あ、そう。当たり前だよ。あの犯人のやった悪
　　事を数え上げられないよね。

3. 拡大練習

考えられる言葉を入れてみましょう。

_____

_____

_____＋あげる

_____

_____

完全マスター

1. 大学に合格した（　　　　　）にお金をあげようと思います。
   - 1. おみやげ
   - 2. おみまい
   - 3. おれい
   - 4. おいわい

2. 風が強いとき、（　　　　　）にのると、顔が痛くなります。
   - 1. バス
   - 2. レストラン
   - 3. オートバイ
   - 4. エスカレーター

3. （　　　　　）そのかわいい猿をみた人はみんな笑いました。
   - 1. はじめて
   - 2. しばらく
   - 3. まず
   - 4. さっき

4. 夏には、やはりすこし（　　　　　）ビールがおいしいです。
   - 1. うまい
   - 2. つめたい
   - 3. くるしい
   - 4. まずい

5. 昨日、進学の試験を（　　　　　）。
   - 1. とりました
   - 2. かけました
   - 3. うけました
   - 4. うえました

6. どの店がやすいか、値段を（　　　　　）みてください。
   - 1. かって
   - 2. まけて
   - 3. きめて
   - 4. くらべて

7. 会議中は携帯電話をマナー（　　　）にしてください。
   1. スタイル　　　　　　　　2. モード
   3. レベル　　　　　　　　　4. コース

8. 「すみませんが、明日までにこの仕事を終わらせていただけませんか。」「はい、（　　　）。」
   1. なさいます　　　　　　　2. しょうちしました
   3. さしあげました　　　　　4. まいりました

9. 彼には語学の（　　　）がある。
   1. 人材　　　　　　　　　　2. 有能
   3. 機能　　　　　　　　　　4. 才能

10. 母親はいろいろな品物を輸出する（　　　）の仕事をしています。
   1. ぼうえき　　　　　　　　2. こうむいん
   3. せんもん　　　　　　　　4. とこや

長 文 5

◆子どもと漫画◆

　物心のついたときは私はもう漫画の世界に入っていた。子どもの頃、テレビを見るといえば漫画だったし、本を読むといっても漫画以外にはありえなかった。いわば、一日の大半が漫画中心の生活だったといってみよさそうである。友達の話題にしても、遊びにしても、幼い私たちの念

頭には常に漫画の主人公が君臨していたようである。子どもにとってその時はやっている人気漫画は必修科目であり、生活の中心であるといってもさしつかえないだろう。セリフが奇抜でユーモア満点であったり、真に迫った怖さがあったり、なんとも言えない悲しい場面があったり、子どもが夢中になるのもわかるような気がする。

　一般にアニメーションといわれるものは現実世界では起こりえないことをも映像化しうるので、幼い私たちの夢を無限に広げてくれたように思われる。子どもというのは想像力がたくましいから現実世界でもいろいろなことをしてみせる。漫画の主人公をまねて透明人間になってみたり空をとんでみたり、そのすべてが彼らには本当に可能なのである。子どもたちの世界においては「そんなことが実際にあるわけない」などという現実主義者はきらわれる。彼らの想像力が及ぶかぎり実際にあるのだから。

　若い世代の人々が、歌手や俳優にアイドルやスターを見いだすように、子どもたちは漫画やアニメの世界に自分たちのアイドルやスターを発見するのである。そしてそのようなスターたちはその子どもたちが大人に成長しても、やはり心のどこかにひそむあこがれであり続けるものではないだろうか。もっといえば、大人になってもユーモアや人間性の原点は昔読んだ漫画にあるといえるかもしれない。子どもたちのその豊かな好奇心、たくましい想像力、そして鋭い感性は、彼らのその漫画体験によって育てられていくものなのかもしれない。

文章を読んで、それぞれの問いに対する答えとして最も適当なものを1、2、3、4から一つ選びなさい。

問1　作中の漫画の世界に属しないものはどれか。

　　　1. テレビの中の漫画

　　　2. 本の中の漫画

　　　3. 友達との話題の中の漫画

　　　4. 自分で描いた漫画

問2　文章の内容と合っていないものはどれか。

　　　1. 作者自身は幼い頃の生活の大きな部分を漫画に依存してきた。

　　　2. 子どもにとってその時はやっている人気漫画は必修科目だ。

　　　3. 一般にアニメーションといわれるものは現実世界では起こりえないことだ。

　　　4. 漫画は興味だけで、その人の人生の成長にあまり役に立たない。

語 彙 練 習

一、発音を聞いて、対応する日本語の常用漢字を書いてください。

　　　1. _____ ;　　2. _____ ;　　3. _____ ;　　4. _____ ;

　　　5. _____ ;　　6. _____ ;　　7. _____ ;　　8. _____ ;

　　　9. _____ ;　　10. _____ 。

二、次の文の＿＿＿に入れる言葉として最も適切なものを一つ選びなさい。

1. 自己を＿＿＿とする人は他人のことに関心を持たない。

2. 漫画は現実＿＿＿で起こりえないことを描いている。

3. 私は肉類を食べない、菜食＿＿＿です。

4. 旅行＿＿＿によって小説を書いた。

5. 英語は小学生の必修＿＿＿だ。

科目	体験	主義	世界	中心

三、言葉の理解

1. 例　文

～世界

1. 現在の若者はたいてい自己世界に生活している。

2. 南方に生活している私は雪をみると、別世界に入るような気がする。

3. 夜の夜景をみると、夢世界に入るような気がする。

2. 会　話

A：愛ちゃん、夏休みにどこかへ行ったの。

B：福井県のおじいさんの家に行った。

A：楽しかったわね。

B：そうよ。田舎世界は都市と全く違ったね。本当にいい体験だったわ。

3. 拡大練習

考えられる言葉を入れてみましょう。

—————————
—————————
—————————＋世界
—————————
—————————

完全マスター

1. このシャツは（　　　　　）がぜんぜんついていないので、着やすいです。
   1. カーテン　　　　　　　2. ネクタイ
   3. ボタン　　　　　　　　4. ズボン

2. 子どもを一日15時間も働かせるのは（　　　　）と思います。
   1. つよい　　　　　　　　2. すごい
   3. ひどい　　　　　　　　4. からい

3. 私は、不便な田舎に住んでいるので、便利な都会に住んでいる人が（　　　　）。
   1. おもしろい　　　　　　2. おかしい
   3. うれしい　　　　　　　4. うらやましい

4. 家に着いたときには、すっかり日が（　　　　）いました。
   1. さがって　　　　　　　2. おりて
   3. くれて　　　　　　　　4. おれて

5. 銀行から2億円（　　　　　）泥棒が捕まったそうです。
    1. もらった　　　　　　　　2. ひろった
    3. ぬすんだ　　　　　　　　4. だした

6. 阿部さんはヤンさんに「あの方の名前を（　　　　　）。」と聞きました。
    1. ごぞんじですか　　　　　2. かまいませんか
    3. もうしますか　　　　　　4. ございますか

7. ホテルの窓から見た（　　　　　）がとてもすばらしかったです。
    1. きせつ　　　　　　　　　2. くうき
    3. はなみ　　　　　　　　　4. けしき

8. こんな大きい地震は（　　　　　）ことがありません。
    1. けいかくした　　　　　　2. ゆれた
    3. けいけんした　　　　　　4. けんぶつした

9. これはわたしのために父が（　　　　　）くれたピアノです。
    1. ならんで　　　　　　　　2. あげて
    3. えらんで　　　　　　　　4. ならって

10. この辺の河が安全かどうか、いま（　　　　　）います。
    1. なおして　　　　　　　　2. しらべて
    3. みつけて　　　　　　　　4. えらんで

長　文　6

　日本文化の構造は、外国文化と比較すると文字と知識とに対する尊敬の念の強いことである。日本人は論議を好むようになり、やたらと「論」が栄えるようになった。それ自体結構なことだが、ゆきすぎるとばかばかしいことになる。ときには論ずることをやめて、行動してみることも大事である。

　実際に、日本人の文字や知識に対する執着心にはすさまじいものが感じられる。ほんの10分くらい乗る電車の中でも新聞か雑誌、中には学校の教科書のたぐいまで、とにかく印刷してあるものは何でも広げ、一時でもそれを手離したらいけないと命令されてでもいるかのようである。このような現象の裏には、文字との接触を怠ったらすぐに自分は時勢に後れを取るのではないかという焦り、それともう一つの心理、つまり自分はこんな本をよんでいるのだといった一種の優越感に似た気持ちもあるのではないかと思う。

　日本人の知識を愛するという文化風土が、現在の日本を築き上げてきたことをすばらしいものだなあと思う反面、知識が現実に役に立つことがなく、知識が上衣にまとうだけのものになりつつある近頃の風潮には憂いを感ずる。

　現代の日本人は、文字からだけでは得られないものがある、ということを忘れているようだ。私はつねづね自分の

体で直接経験したことに裏付けられた知識というものに大きな価値があるのではないかと考えている。

〈読〉〈解〉〈練〉〈習〉

　文章を読んで、それぞれの問いに対する答えとして最も適当なものを1、2、3、4から一つ選びなさい。

問1　日本文化の構造の特徴は何ですか。
　　　1. 日本人は論議を好む。
　　　2. 日本人は文字や知識に対して優越感がある。
　　　3. 知識が現実に役に立たない。
　　　4. 日本人は知識と文字に対する尊敬の念の強いことです。

問2　文章の内容と合っていないものはどれか。
　　　1. 日本人は文字や知識に対する執着心が弱い。
　　　2. 日本人は文字と知識に対する尊敬の念が強い。
　　　3. 日本は知識を愛するという文化風土をもっている。
　　　4. 日本人は文字の知識のほかに自分自身の直接体験も重視するはずだ。

語彙練習

一、発音を聞いて、対応する日本語の常用漢字を書いてください。

1. _____ ;   2. _____ ;   3. _____ ;   4. _____ ;

5. _____ ;   6. _____ ;   7. _____ ;   8. _____ ;

9. _____ ;   10. _____ 。

二、次の文の_____に入れる言葉として最も適切なものを一つ選びなさい。

1. 政府の減反政策のせいで、田畑を_____。

2. 父は子どもとボールを_____ゲームをしている。

3. ゴミを分類してからゴミ箱に_____。

4. 旅行へ行って、しばらくふるさとを_____。

5. 一人暮らしで早く家を_____。

> 出る　　離れる　　捨てる　　投げる　　手離す

三、言葉の理解

1. 例　文

～離す

1. 子どもは好きなものを手離さない。

2. 警察は車両を切り離した。

3. 鳥を取り離した。

2. 会　話

　　A：ええ、なんで元気がないの。

　　B：インドへ旅行に行ったとき、新しいデジタルカ
　　　　メラを落としたから。

　　A：貴重品を大切に管理したほうがいいね。

　　B：そのデジタルカメラをずっと肌身**離さ**なかった
　　　　のに…。

3. 拡大練習

　　考えられる言葉を入れてみましょう。

　　　_____

　　　_____

　　　_____＋離す

　　　_____

　　　_____

☕ 完全マスター ≪

1. 8は4の2（　　　　）です。

　　1. はい　　　　　　　　　2. はん

　　3. ばい　　　　　　　　　4. ぱい

2. 鈴木教授は多くの若い学者を（　　　　）。

　　1. 養てた　　　　　　　　2. 成てた

　　3. 育てた　　　　　　　　4. 生てた

3.「お体の調子はどうですか。」「（　　　　）、だいぶ
　　よくなりました。」

　　1. おだいじに　　　　　　2. おせわで

3. あんしんで　　　　　　　4. おかげさまで

4. クレジットカードの（　　　　）にサインした。
　　1. 領収書　　　　　　　　　2. 料収書
　　3. 領集書　　　　　　　　　4. 料集書

5. 友人が来るので、空港へ（　　　　）いきました。
　　1. むかえに　　　　　　　　2. おくりに
　　3. ひろいに　　　　　　　　4. あつめに

6.「この書類を校長にわたしてください。」「（　　　　）。」
　　1. はい、おねがいします
　　2. はい、なさいます
　　3. はい、どういたしまして
　　4. はい、かしこまりました

7. 変な人が家の中を見ているので、（　　　　）に知ら
　せました。
　　1. うけつけ　　　　　　　　2. けいさつ
　　3. しゃいん　　　　　　　　4. そんちょう

8. 友達に勧められて会員に（　　　　）した。
　　1. 登録　　　　　　　　　　2. 登禄
　　3. 登緑　　　　　　　　　　4. 答録

9. 夏はやはり（　　　　）のほうがくつよりすずしいで
　すね。
　　1. サンダル　　　　　　　　2. ストッキング
　　3. ブーツ　　　　　　　　　4. ハイヒール

10. 昨日教室で（　　　）ことを復習した。
　　1. 訓んだ　　　　　　　　　2. 学んだ
　　3. 習んだ　　　　　　　　　4. 練んだ

今回外国人に仕事の紹介をする会社をつくった大田友子社長にお話をうかがった。

Q：具体的にはどんなことをするんですか。

—現在1400人以上の方が申し込まれているんですが、簡単に言えば、その方たちをできるだけ希望の会社に紹介するということです。つまり、うちにはこういう仕事ができるこういう外国人がいるんですが、おたくで働かせてもらえませんかってね。もちろん、会社側からもこういう条件の外国人がほしいんだけど、いい人紹介してもらえませんかって言ってくるわけです。つまり、外国人と会社との紹介役ですね。

Q：なるほど。でも最近不景気だから、<u>厳しいのでは</u>？

—ええ、日本人でもいい仕事を見つけるのは難しいんですから、外国人だともっと厳しいですね。申し込みをされている方の5％ぐらいですかね、ちゃんと決まるのは。

Q：将来、日本での就職を希望する外国人にアルバイトをお願いします。

—そうですね。彼らには日本人と旅行に行けるくらいのコミュニケーション力をつけてほしいですね。とくに、<u>留学生に言いたいんです</u>が、敬語の知識とか言葉の量とかよりも心配なのは日本人との交流経験が足りないということです。少しぐらい言葉を間違えても、それは外国人だから

って許されるんです。敬語も、「です、ます」を使って失礼のない話し方をすれば問題ありません。でも、話題の選び方とか、あいづちの打ち方とか、その場の雰囲気の感じ方とか、そういう力がないと、日本人と一緒に働くときに困ってしまうんですよ。あとは、やはり日本文化に積極的に関心を持つことですかね。

 読　解　練　習

文章を読んで、それぞれの問いに対する答えとして最も適当なものを1、2、3、4から一つ選びなさい。

問1　「厳しい」とあるが、何が厳しいのか。

　　　1. 外国人に対して日本の会社が出している就職が厳しい。

　　　2. 日本で就職した外国人に対する日本人の態度が厳しい。

　　　3. 外国人が希望する日本の会社に就職するのが厳しい。

　　　4. 就職したい外国人を日本の会社に紹介するのが厳しい。

問2　「留学生に言いたい」とあるが、留学生に対して社長がいちばん言いたいことは何か。

　　　1. 日本人ともっといろいろなところへ旅行してほしい。

　　　2. もっと積極的に日本人と交流して、経験を積んで

ほしい。

3. 日本人ともっと上手に話せるようになってほしい。

4. もっと一生懸命に日本の文化について勉強してほしい。

⧗ 語 彙 練 習

一、発音を聞いて、対応する日本語の常用漢字を書いてください。

1. _____ ;　　2. _____ ;　　3. _____ ;　　4. _____ ;

5. _____ ;　　6. _____ ;　　7. _____ ;　　8. _____ ;

9. _____ ;　　10. _____ 。

二、次の文の_____に入れる言葉として最も適切なものを一つ選びなさい。

1. 就職センターは学生と会社の_____です。

2. 初対面の二人は話題の_____が重要です。

3. ここを出ると、_____に曲がってください。

4. 失敗しても_____があると思います。

5. 現在環境汚染の問題が_____しています。

深刻化　　やり甲斐　　右側　　選び方　　紹介役

三、言葉の理解

1. 例　文

～方

1. 先生の英語の教え<u>方</u>がお上手です。
2. 中国語の漢字の書き<u>方</u>が難しいですね。
3. この魚の切り<u>方</u>を教えてもらいませんか。

2. 会　話

A：佐々木先生、卒論の書き**方**を教えていただきた
　　いんですが、いつご都合がよろしいですか。

B：そうですね。明日午前中、会議があるから、午
　　後、研究室に来ましょう。

A：また、資料の調べ**方**を教えていただきません
　　か。

B：結構です。

3. 拡大練習

考えられる言葉を入れてみましょう。

　　_____

　　_____

　　_____＋方

　　_____

　　_____

完全マスター

1. あそこはいま工事中ですから、（　　　　）ですよ。
   - 1. ざんねん
   - 2. あんぜん
   - 3. きけん
   - 4. さかん

2. もう時間がありませんから、（　　　　）ください。
   - 1. さわいで
   - 2. いそいで
   - 3. おどろいて
   - 4. はやくて 来

3. ともだちがあたらしいアパートに（　　　　）ので、あそびにいくつもりです。
   - 1. うごいた
   - 2. うつした
   - 3. とりかえた
   - 4. ひっこした

4. 北海道は日本の（　　　　）のほうにあります。
   - 1. ひがし
   - 2. にし
   - 3. みなみ
   - 4. きた

5. 風で目に（　　　　）が入ってしまいました。
   - 1. いし
   - 2. とち
   - 3. すな
   - 4. てつ

6. やっぱり冬は（　　　　）のセーターとあついコートが必要です。
   - 1. うわぎ
   - 2. もめん
   - 3. け
   - 4. きぬ

7. ビザの延長を（　　　　）しました。
   - 1. 申請
   - 2. 伸請
   - 3. 申清
   - 4. 申精

8. 最近はCDが増えて、(　　　　)はほとんど売れません。
1. ストーブ　　　　　　　2. スプーン
3. スポーツ　　　　　　　4. レコード

9. 宿題はもう(　　　　)やってしまいましたから安心です。
1. ほとんど　　　　　　　2. ぜんぜん
3. とくに　　　　　　　　4. じゅうぶん

10. 座るとき(　　　　)ですから、荷物は棚の上に入れてください。
1. じゃま　　　　　　　　2. ひま
3. へん　　　　　　　　　4. むり

 長　文 8

　最近、日本の都会の喫茶店の数が減っている。一つの理由は、週休二日の会社や役所が増えたことである。このため、土曜日に店を開けても商売ができなくなった。もう一つの原因は、土地の値段が信じられないほど高くなったことである。これまでのように、お客が一杯のコーヒーでゆっくり休んでいると、お客の数が限られるので、高い地代を払えなくなる。
　そのため、最近多くなってきたのは、お客が立って飲むという形の店である。お客が早く出ていくのでコーヒーが

たくさん売れるわけである。

　一方、家庭でコーヒーを飲む人は多くなった。コーヒー豆の輸入の量は毎年増えている。朝、ご飯とみそしるという食事をとる人が少なくなって、パンとコーヒーの人が多くなった。コーヒーはいわばみそしるのかわりである。

　今の中年以上の人たちは、コーヒーが<u>ぜいたく品</u>であった時代の記憶をもっている。その人たちの少年時代にはコーヒーは欧米の文化の香りを伝えるものであった。コーヒーを飲むことは、単にのどのかわきを止めることではなく、日常を離れた文化の世界に遊ぶことであった。

　最近のコーヒーは、朝のみそしるの変わりとなり、コーラに似た立ち飲みの飲み物になった。味そのものは変わっていないが、コーヒーに対する人々の気持ちが変わったと言えるであろう。

 読　解　練　習

　文章を読んで、それぞれの問いに対する答えとして最も適当なものを1、2、3、4から一つ選びなさい。

問1　「お客の数が限られる」という原因が何ですか。

　　　1. 地代が高いから。

　　　2. コーヒーがぜいたく品だから。

　　　3. 喫茶店のサービスが悪いから。

　　　4. お客が一杯のコーヒーでゆっくり休んでいるので、売り上げが伸ばせない。

問2　「ぜいたく品」はどう意味か。

1. 豪華な品物

2. 素朴な品物

3. 簡単な品物

4. 安い品物

語彙練習

一、発音を聞いて、対応する日本語の常用漢字を書いてください。

1. ＿＿＿＿；　　2. ＿＿＿＿；　　3. ＿＿＿＿；　　4. ＿＿＿＿；

5. ＿＿＿＿；　　6. ＿＿＿＿；　7. ＿＿＿＿；　　8. ＿＿＿＿；

9. ＿＿＿＿；　10. ＿＿＿＿。

二、次の文の＿＿＿＿に入れる言葉として最も適切なものを一つ選びなさい。

1. 世界の金融危機のせいで、＿＿＿＿がどんどん下がった。

2. 博物館には小学生の入園料は＿＿＿＿です。

3. 留学生は＿＿＿＿の安い民間アパートがほしいと言われました。

4. 会社の携帯電話の基本＿＿＿＿が下がると、お客さんが増える一方だ。

5. インフレのため、最近＿＿＿＿がどんどん上がっている。

| 物価 | 料金 | 家賃 | 無料 | 地代 |

三、言葉の理解

1. 例　文

～代

1. 銀行へガス代を払いました。

2. 物価の上がりにともない、バス代も上がりました。

3. 水を節約すると、水代が上がりますよ。

2. 会　話

A：ねえ、あなた、パソコンを使わないときは、電源を切ってね。

B：なんで。

A：毎月家の電気代が増えているのよ。そのかわり、食費を減らさなければならないわ。

B：はい、気をつけるよ。

3. 拡大練習

考えられる言葉を入れてみましょう。

＿＿＿＿＿＿

＿＿＿＿＿＿

＿＿＿＿＿＿＋代

＿＿＿＿＿＿

＿＿＿＿＿＿

完全マスター

1. わたしは（　　　　）も富士山へ行ったことがありま
せん。
　　1. ひとつ　　　　　　　2. いちど
　　3. なんかい　　　　　　4. いちばん
2. 日本の五月は（　　　　）がいっぱいの季節です。
　　1. とち　　　　　　　　2. きのえだ
　　3. みどり　　　　　　　4. いし
3. 貴重品は机の（　　　　）の中に入れてあります。
　　1. たな　　　　　　　　2. ひきだし
　　3. かがみ　　　　　　　4. おしいれ
4. 山田さんはとても（　　　　）な人です。
　　1. 正直　　　　　　　　2. 生直
　　3. 性直　　　　　　　　4. 牲直
5. よく調べましたが、（　　　　）変なところはないよ
うですよ。
　　1. きゅうに　　　　　　2. べつに
　　3. たまに　　　　　　　4. すぐに
6. 彼の考え方は（　　　　）と思いました。
　　1. 甘い　　　　　　　　2. うるさい
　　3. うれしい　　　　　　4. たのしい
7. 会社に（　　　　）ように駅から走りました。
　　1. おこらない　　　　　2. おくらない
　　3. おくれない　　　　　4. まにあわない

8. 朝晩の電車はたいへんですが、昼間のほうが
（　　　　）います。
1. こんで　　　　　　　　2. すって
3. さいて　　　　　　　　4. すいて

9. 女性が働きながら、こどもを（　　　　）のはたいへ
んです。
1. うまれる　　　　　　　2. いきる
3. せいかつする　　　　　4. そだてる

10. 彼女（　　　　）いい人はいないと思って結婚しまし
た。
1. ほど　　　　　　　　　2. だけ
3. ばかり　　　　　　　　4. ため

解 答

第一章　短文

読解練習

　問1　1　　　　問2　4

語彙練習

　一、1. 部屋　　　2. 苦手　　　3. 指定席　　　4. 自分

　　　5. 必要　　　6. 同じ　　　7. 買い物　　　8. 片付ける

　　　9. 捨てる　　10. 場所

　二、1. 相談する　　　2. 伝える　　　3. 帰る

　　　4. 遅刻する　　　5. 曲がる

　三、3. 例：感じやすい、書きやすい、飲みやすい、

　　　　　　やりやすい、間違えやすい

完全マスター

　　1. 2　　　2. 1　　　3. 3　　　4. 2　　　5. 3

6. 1   7. 4   8. 3   9. 3   10. 2

読解練習
　　問1　3　　　問2　3
語彙練習
　　一、1. 生物　　　2. 植物　　3. 不思議　　4. 力
　　　　5. 強い　　　6. 動物　　7. 人間　　　8. 髪の毛
　　　　9. 伸びる　10. 戻す
　　二、1. 切り取って　　2. 受け取り　　　3. 写し取っ
　　　　4. 書き取り　　　5. 聞き取り
　　三、3. 例：奪い取る、嗅ぎ取る、刈り取る、吸い取る、
　　　　　　習い取る

完全マスター
　　1. 1　　　2. 2　　　3. 3　　　4. 4　　　5. 2
　　6. 1　　　7. 2　　　8. 1　　　9. 1　　　10. 1

◇短◇文◇3◇

読解練習
　　問1　4　　　問2　2
語彙練習
　　一、1. 暮らし　　　2. 危険　　3. 家族　　4. レベル
　　　　5. 泥棒　　　　6. 効果　　7. 室内　　8. 誰
　　　　9. 玄関　　　10. 窓

二、1. 言い　　2. あり　　3. 取り　　4. い　　5. かけ

三、3. 例：食べながら、聞きながら、話しながら、
　　　　　歌いながら、踊りながら

完全マスター

1. 3	2. 2	3. 3	4. 3	5. 2
6. 4	7. 2	8. 1	9. 4	10. 1

短文 4

読解練習

　問1　3　　　問2　4

語彙練習

　一、1. 業務　　　2. 手紙　　3. 株式　　4. カレンダー

　　　5. カタログ　　6. 拝見　　7. 興味　　8. 見本

　　　9. 利用　　　10. 検討

　二、1. 受け取った　　　2. 拝見した　　　3. 送った

　　　4. 運んだ　　　　5. 見送った

　三、3. 例：拝聴、拝借、拝受、拝啓、拝読

完全マスター

1. 2	2. 4	3. 1	4. 2	5. 2
6. 2	7. 3	8. 4	9. 3	10. 1

短文 5

読解練習

　問1　3　　　問2　2

語彙練習

一、1. 音楽　　2. 大丈夫　　3. 周り　　4. 長時間
　　5. 車　　　6. 耳　　　　7. 調査　　8. 結果
　　9. 後ろ　　10. 大きい

二、1. 言い続ける　　2. 話し合う　　3. 発表する
　　4. 相談する　　　5. 語る

三、3. 例：思い続ける、乗り続ける、やり続ける、
　　　　　食べ続ける、聞き続ける

完全マスター

1. 2　　　2. 1　　　3. 1　　　4. 4　　　5. 2
6. 2　　　7. 3　　　8. 2　　　9. 3　　　10. 1

短　文　6

読解練習

　　問1　4　　　　問2　3

語彙練習

一、1. コンピューター　　2. 外国語　　3. 社会
　　4. 能力　　　　　　　5. 大事　　　6. 高校
　　7. 授業　　　　　　　8. 歴史　　　9. 科目
　　10. 工夫

二、1. 以外　　2. 以下　　3. 以上　　4. 以前　　5. 以内

三、3. 例：資格者以外、関係者以外、募集者以外、
　　　　　選手以外、学生以外

完全マスター

1. 2　　　2. 2　　　3. 2　　　4. 3　　　5. 3

6. 2   7. 1   8. 1   9. 3   10. 2

短文 7

読解練習
    問1 3   問2 2
語彙練習
    一、1. 半分   2. 冗談   3. 風邪   4. 体
        5. 調子   6. 薬屋   7. 有名   8. 病気
        9. ウイルス   10. 環境

    二、1. 上がり込んで   2. 植え込んで
        3. 打ち込んで、教え込んで、考え込んで

    三、3. 例：吸い込む、持ち込む、汲みこむ、入れ込む、
            飛び込む

完全マスター
    1. 4   2. 1   3. 1   4. 2   5. 1
    6. 3   7. 2   8. 2   9. 3   10. 1

短文 8

読解練習
    問1 4   問2 4
語彙練習
    一、1. 秋   2. 展示会   3. 開く   4. 新製品
        5. 忙しい   6. 画面   7. 注目   8. 機会
        9. 皆様   10. 案内

二、1. 予算　　2. 予定　　3. 予約　　4. 予知　　5. 予想

三、3. 例：行く予定、書く予定、旅行する予定、
　　　　　　買い物する予定、参加する予定

完全マスター

1. 4　　　2. 2　　　3. 3　　　4. 2　　　5. 3

6. 2　　　7. 3　　　8. 1　　　9. 1　　　10. 1

第二章　中文

読解練習

問1　3　　　　問2　3

語彙練習

一、1. 社会　　　2. 高齢者　　　3. 家族　　　4. 年金

　　5. 全国　　　6. 近所　　　7. 結果　　　8. 結果

　　9. 姿　　　10. 増加

二、1. 得る　　　　2. 植える　　　3. 伺う

　　4. 受け取る　　　5. 打つ

三、3. 例：参加し得る、あり得る、起こりうる、
　　　　　　生じうる、生き得る

完全マスター

1. 2　　　2. 1　　　3. 2　　　4. 3　　　5. 3

6. 3　　　7. 1　　　8. 1　　　9. 2　　　10. 2

読解練習

問1　4　　　　問2　2

語彙練習

一、1. 就職先　　2. 帰国　　　3. 若者　　　4. 民間
　　5. 発展　　　6. 電車　　　7. 空港　　　8. 混雑
　　9. 余地　　10. 食事

二、1. 切る　　　2. 切れる　　　3. 決まる
　　4. 決める　　5. 聞こえる

三、3. 例：買い切る、思い切る、借り切る、貸し切る、
　　　　　　使い切る

完全マスター

1. 3　　　2. 1　　　3. 2　　　4. 4　　　5. 2
6. 2　　　7. 4　　　8. 3　　　9. 2　　　10. 4

読解練習

問1　4　　　　問2　2

語彙練習

一、1. 救う　　　2. 国際　　　3. 自然　　　4. 国立
　　5. 面積　　　6. 協力　　　7. 特徴　　　8. 森
　　9. 詳しい　10. 予定

二、1. つつある　　2. つもり　　　3. 続ける
　　4. ながら　　　5. って

三、3. 例：増加しつつある、太りつつある、
　　　　　北上しつつある、近づきつつある、
　　　　　絶滅しつつある

完全マスター

1. 4　　　2. 3　　　3. 1　　　4. 4　　　5. 4
6. 2　　　7. 4　　　8. 1　　　9. 3　　　10. 1

読解練習

　問1　1　　　　問2　4

語彙練習

一、1. 海外　　　2. 企業　　　3. 以来　　　4. 活発
　　5. 連続　　　6. 増加　　　7. 投資　　　8. 資源
　　9. 確保　　　10. 目立った

二、1. 抜く　　　2. 除いて　　　3. 消す　　　4. 切る
　　5. 消える

三、3. 例：やりぬく、練習しぬく、努力しぬく、
　　　　　出しぬく、生き抜く

完全マスター

1. 3　　　2. 1　　　3. 4　　　4. 3　　　5. 3
6. 4　　　7. 1　　　8. 2　　　9. 1　　　10. 2

中文 5

読解練習

　問1　4　　　　問2　2

語彙練習

　一、1. 団体　　　　2. 制度　　　3. 検討　　　4. 導入

　　　5. 終了　　　　6. 予想　　　7. 世帯　　　8. 地域

　　　9. 標準　　　10. 決める

　二、1. 打ち出す　　2. 着替える　　3. 読み切る

　　　4. 飛び込む　　5. うけとる

　三、3.例：生み出す、描き出す、読み出す、書き出す、

　　　　　押し出す

完全マスター

　1. 3　　　　2. 2　　　3. 4　　　4. 4　　　5. 3

　6. 2　　　　7. 2　　　8. 2　　　9. 4　　　10. 1

中文 6

読解練習

　問1　1　　　　問2　4

語彙練習

　一、1. 市内　　　2. 営業　　　3. 設置　　　4. 交渉

　　　5. 試み　　　6. 目指す　　7. 交渉　　　8. 開始

　　　9. 課題　　　10. 混乱

　二、1. 室内　　2. 都内　　3. 校内　　4. 場所　　5. 灰皿

　三、3. 例：構内、域内、国内、市内、院内

完全マスター

1. 1	2. 2	3. 4	4. 3	5. 3
6. 2	7. 4	8. 4	9. 3	10. 3

読解練習

問1　3　　　問2　2

語彙練習

一、1. 新入生　　　2. 存在　　3. 企画　　4. 入学式
　　5. 設定　　　6. 興味　　7. 声　　　8. 存続
　　9. 団体　　　10. 必死

二、1. サークル　　　2. コンビニ　　　3. ガソリン
　　4. カウンター　　5. キャンパス

三、3. 例：サッカーサークル、太極拳サークル、
　　　　　相撲サークル、体操サークル、野球サークル

完全マスター

1. 1	2. 3	3. 2	4. 4	5. 2
6. 1	7. 4	8. 2	9. 1	10. 4

読解練習

問1　4　　　問2　3

語彙練習

一、1. アニメ　　2. 作品　　　　3. 様子　　　4. 進歩

5. 技術　　6. ビジネス　　7. オリジナル

8. 対象　　9. 熱心　　10. 関連

二、1. ファッションショー　　2. イベント

3. サービス　　4. コーナー

5. オリジナル

三、3.例：文化財防火デー、ウォーター無料デー、

ディズニーランドキャンバスデー、

ビールデー、飲食デー

完全マスター

1. 1　　2. 3　　3. 2　　4. 3　　5. 4

6. 1　　7. 1　　8. 1　　9. 2　　10. 3

第三章　情報検索

読解練習

問1　2　　問2　4

語彙練習

一、1. 成長　　2. 実感　　3. 調理　　4. 免許

5. 取得　　6. 業界　　7. 経験　　8. 歓迎

9. 主流　　10. 鍋

二、1. べきだ　　2. はずだ　　3. わけだ

4. ようだ　　5. そうだ

三、3.例：やるべきだ、勉強すべきだ、話すべきだ、

やめるべきだ、挨拶すべきだ

完全マスター

1. 2 　　2. 1 　　3. 1 　　4. 1 　　5. 4

6. 3 　　7. 2 　　8. 2 　　9. 4 　　10. 1

〈情〉〈報〉〈検〉〈索〉②

読解練習

問1　3 　　　　問2　2

語彙練習

一、1. 笑顔 　　2. 故郷 　　3. 声 　　4. 感謝

　　5. 宿 　　6. 懐 　　7. 自負 　　8. 設備

　　9. 豪華 　　10. 情熱

二、1. 近く 　　2. 遠く 　　3. 多く

　　4. 明るく 　　5. 深さ

三、3. 例：一時間近く、スーパー近く、地下室近く、

　　　　　10年近く、海近く

完全マスター

1. 4 　　2. 3 　　3. 1 　　4. 4 　　5. 3

6. 4 　　7. 2 　　8. 3 　　9. 1 　　10. 3

〈情〉〈報〉〈検〉〈索〉③

読解練習

問1　4 　　　　問2　2

語彙練習

一、1. 名物　　2. 最後　　3. メンバー　　4. ランチ
　　5. 用意　　6. 運転手　7. 本来　　　　8. 柔らかい
　　9. 黄色　　10. 酒

二、1. 甘み　　　2. 歯ごたえ　　3. 味　　4. におい
　　5. 辛酸

三、3. 例：楽しみ、悲しみ、甘み、黒み、深み

完全マスター

1. 4　　　2. 2　　　3. 3　　　4. 4　　　5. 3
6. 4　　　7. 3　　　8. 4　　　9. 3　　　10. 2

情　報　検　索　4

読解練習

　問1　3　　　　問2　3

語彙練習

一、1. 強まる　　2. 冷え込む　　3. 気温　　4. 全国
　　5. 夜　　　　6. 発生　　　　7. 晴天　　8. 乾燥
　　9. 各地　　　10. 緩む

二、1. 大型　　2. 姿　　3. 形　　4. 様子
　　5. ふり

三、3. 例：A型、遺伝子型、竜型、雄型、置き型

完全マスター

1. 1　　　2. 1　　　3. 2　　　4. 4　　　5. 1
6. 3　　　7. 3　　　8. 4　　　9. 3　　　10. 1

⏳ ◇情◇報◇検◇索◇⑤

読解練習

　問1　3　　　　問2　4

語彙練習

　一、1. 敬具　　　　2. 採用　　　　3. 内定　　　　4. 連絡

　　　5. 期間　　　　6. 健康　　　　7. 期限　　　　8. 書類

　　　9. 応募　　　　10. 記入

　二、1. 当社　　　　2. 貴殿　　　　3. 我が家　　　　4. 彼氏

　　　5. 小生

　三、3. 例：当地、当年、当上、当意、当為

完全マスター

　1. 1　　　2. 4　　　3. 3　　　4. 3　　　5. 4

　6. 2　　　7. 1　　　8. 2　　　9. 3　　　10. 2

⏳ ◇情◇報◇検◇索◇⑥

読解練習

　問1　3　　　　問2　4

語彙練習

　一、1. 開始　　　　2. 説明　　　　3. 詳細　　　　4. サービス

　　　5. 理解　　　　6. 趣旨　　　　7. 重要　　　　8. 地球

　　　9. 利用　　　　10. 可能

　二、1. おきに　　　2. ごとに　　　3. たびに

　　　4. つど　　　　5. さい

　三、3. 例：1日おきに、3時間おきに、2行おきに、

1階おきに、1つおきに

完全マスター

1. 3	2. 1	3. 4	4. 2	5. 1
6. 3	7. 3	8. 4	9. 1	10. 4

〈情〉〈報〉〈検〉〈索〉⑦

読解練習

問1　3　　　問2　4

語彙練習

一、1. 買い物　　2. スーパー　　3. ポイント

　　4. カード　　5. 買い物　　6. 連絡

　　7. 用紙　　8. 名前　　9. 無料

　　10. 申し込み

二、1. もう　　2. とっくに　　3. さっき

　　4. かつて　　5. この間

三、3. 例：練習できる、復習できる、完成できる、
　　　勉強できる、利用できる

完全マスター

1. 3	2. 3	3. 2	4. 1	5. 2
6. 1	7. 4	8. 1	9. 3	10. 4

〈情〉〈報〉〈検〉〈索〉⑧

読解練習

問1　4　　　問2　3

語彙練習

一、 1.受け付け　　2.応募　　　3.面接　　4.履歴書
　　 5.種類　　　　6.お知らせ　7.男女　　8.駅前
　　 9.興味　　　10.開店

二、 1.対して　　　2.ついて　　　3.かんして
　　 4.とって　　　5.として

三、 3.例：不足しがち、重視しがち、焦りがち、
　　　　　　　病気がち、疲れがち

完全マスター

1. 3　　　2. 2　　　3. 3　　　4. 2　　　　5. 3
6. 2　　　7. 3　　　8. 1　　　9. 1　　　10. 2

第四章　長　文

読解練習

　　問1　2　　　　　問2　3

語彙練習

一、 1.食卓　　　2.ボランティア　　3.親子　　4.腕
　　 5.世代　　　6.建物　　　　　　7.直面　　8.食事
　　 9.深刻　　　10.分析

二、 1.暴走族　　　2.デザイナー　　　3.エンジニア
　　 4.作家　　　　5.科学者

三、3.例：蛍族、食人族、蟻族、魚族、豊満族

完全マスター
1. 2	2. 3	3. 1	4. 2	5. 3
6. 4	7. 3	8. 1	9. 2	10. 2

 〈長 文〉2

読解練習
問1　4　　　　問2　4

語彙練習
一、1. 改革　　　　2. 入試　　　　3. 体系　　　　4. 具体
　　5. 転換　　　　6. 受験生　　　7. 人材　　　　8. 役割
　　9. 学力　　　 10. 評価

二、1. センター　　　2. ガソリンスタンド　　　3. スーパー
　　4. バス停　　　5. レストラン

三、3.例：ホームセンター、給食センター、
　　　　　　ビジネスセンター、老人福祉センター、
　　　　　　血液センター

完全マスター
1. 4	2. 4	3. 2	4. 1	5. 3
6. 2	7. 4	8. 3	9. 2	10. 4

 〈長 文〉3

読解練習
問1　2　　　　問2　3

語彙練習

一、1. 運動　　　2. 時期　　　　3. 適切　　　4. 健康
　　 5. 段階　　　6. 比べる　　　7. 事故　　　8. 体重
　　 9. 骨　　　 10. ランニング

二、1. 最中　　　　　　2. 途中　　　　　3. 船中
　　 4. 売り出し中　　　5. 営業中

三、3.例：空気中、車中、渦中、宇宙中、空中

完全マスター

1. 1　　2. 2　　3. 1　　4. 4　　5. 4
6. 4　　7. 2　　8. 3　　9. 1　　10. 4

読解練習

問1　3　　　　問2　2

語彙練習

一、1. 作用　　2. 外部　　　3. ウェイター　　4. 口調
　　 5. 周囲　　6. テレホンカード　　　　7. 財布
　　 8. 困難　　9. 現場　　10. 報告

二、1. 作り上げる　　　2. 張り上げる　　　3. 仰ぐ
　　 4. 上がる　　　　5. 空く

三、3.例：売り上げる、切り上げる、貸しあげる、
　　　　　 書き上げる、汲み上げる

完全マスター

1. 4　　2. 3　　3. 1　　4. 2　　5. 3
6. 4　　7. 2　　8. 2　　9. 4　　10. 1

長文 5

読解練習

問1　4　　　問2　4

語彙練習

一、1. 好奇心　　　2. ユーモア　　　3. 豊か　　　4. 漫画

　　5. 想像力　　　6. 歌手　　　　7. 夢中

　　8. アニメーション　　　　9. 話題　　10. 場面

二、1. 中心　　　2. 世界　　　3. 主義　　　4. 体験

　　5. 科目

三、3. 例：月世界、旧世界、極楽世界、金色世界、

　　　　　西方世界

完全マスター

1. 3　　　2. 3　　　3. 4　　　4. 3　　　5. 3

6. 1　　　7. 4　　　8. 3　　　9. 3　　　10. 2

長文 6

読解練習

問1　4　　　問2　1

語彙練習

一、1. 知識　　　2. 文字　　　3. 現実　　　4. 文化

　　5. 風土　　　6. 優越感　　　7. 命令

　　8. 実際　　　9. 構造　　　10. 行動

二、1. 手離す　　2. 投げる　　3. 捨てる　　4. 離れる

　　5. 出る

三、3.例：切り離す、懸け離す、取り離す、乗り離す、
勝ち離す

完全マスター

1. 3　　　2. 3　　　3. 4　　　4. 1　　　5. 1
6. 4　　　7. 2　　　8. 1　　　9. 1　　　10. 2

読解練習

問1　3　　　問2　2

語彙練習

一、1. 関心　　　2. 積極　　　3. 雰囲気　　　4. 敬語
　　5. 間違える　　6. 希望　　　7. 就職　　　8. 紹介
　　9. 交流　　　10. 条件

二、1. 紹介役　　　2. 選び方　　　3. 右側
　　4. やり甲斐　　5. 深刻化

三、3.例：やり方、聞き方、かけ方、つけ方、話し方

完全マスター

1. 3　　　2. 2　　　3. 4　　　4. 4　　　5. 3
6. 3　　　7. 1　　　8. 4　　　9. 1　　　10. 1

読解練習

問1　4　　　問2　1

語彙練習

一、1. 飲み物　　　2. 日常　　　3. 少年　　　4. 時代
　　5. 記憶　　　　6. 輸入　　　7. 毎年　　　8. 役所
　　9. 理由　　　10. 土地
二、1. 地代　　　　2. 無料　　　3. 家賃　　　4. 料金
　　5. 物価
三、3. 例：ガソリン代、バス代、ガス代、電気代、
　　　　　電話代

完全マスター

1. 2　　　2. 3　　　3. 2　　　4. 1　　　5. 2
6. 1　　　7. 3　　　8. 4　　　9. 4　　　10. 1

太極武術教學光碟

太極功夫扇
五十二式太極扇
演示：李德印 等
(2VCD)中國

夕陽美太極功夫扇
五十六式太極扇
演示：李德印 等
(2VCD)中國

陳氏太極拳及其技擊法
演示：馬虹(10VCD)中國
陳氏太極拳勁道釋秘
拆拳講勁
演示：馬虹(8DVD)中國
推手技巧及功力訓練
演示：馬虹(4VCD)中國

陳氏太極拳新架一路
演示：陳正雷(1DVD)中國
陳氏太極拳新架二路
演示：陳正雷(1DVD)中國
陳氏太極拳老架一路
演示：陳正雷(1DVD)中國
陳氏太極拳老架二路
演示：陳正雷(1DVD)中國
陳氏太極推手
演示：陳正雷(1DVD)中國
陳氏太極單刀・雙刀
演示：陳正雷(1DVD)中國

郭林新氣功
(8DVD)中國

本公司還有其他武術光碟
歡迎來電詢問或至網站查詢
電話：02-28236031
網址：www.dah-jaan.com.tw

原版教學光碟

歡迎至本公司購買書籍

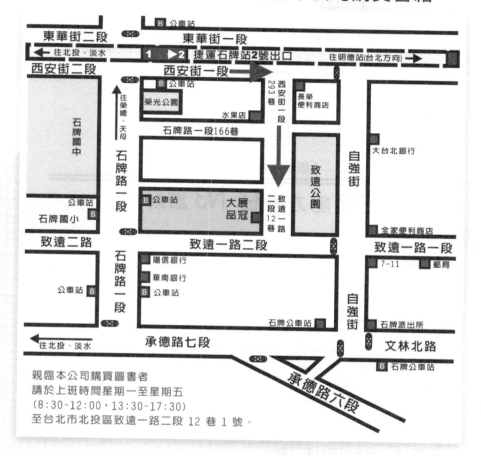

親臨本公司購買圖書者
請於上班時間星期一至星期五
(8:30~12:00,13:30~17:30)
至台北市北投區致遠一路二段 12 巷 1 號。

建議路線
1.搭乘捷運‧公車
　　淡水線石牌站下車,由石牌捷運站2號出口出站(出站後靠右邊),沿著捷運高架往台北方向走(往明德站方向),其街名為西安街,約走100公尺(勿超過紅綠燈),由西安街一段293巷進來(巷口有一公車站牌,站名為自強街口),本公司位於致遠公園對面。搭公車者請於石牌站(石牌派出所)下車,走進自強街,遇致遠路口左轉,右手邊第一條巷子即為本社位置。

2.自行開車或騎車
　　由承德路接石牌路,看到陽信銀行右轉,此條即為致遠一路二段,在遇到自強街(紅綠燈)前的巷子(致遠公園)左轉,即可看到本公司招牌。

大展好書　好書大展
品嘗好書　冠群可期